向田邦子の本棚

河出書房新社

向田邦子の本棚

もくじ

本棚Ⅰ

脚本、エッセイ・小説の糧となった蔵書

本棚Ⅱ

単行本未収録エッセイ……89

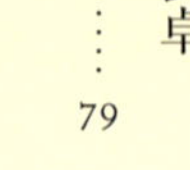

本棚Ⅲ

ブロードウェイ
茶掛け鑑賞
茶碗と私
チャールズ・ラム傳
父母の暦
父小泉信三
地中海人間
チップものがたり
超時間対談
ちょっといい話
中南米の旅
中世の窓から
大音楽家の病歴
旦那の意見
野生の食卓
デッサンのすすめ
動物の不思議な知恵
動物の行動
同行百歳
ドラマ人間テレビ語り
江分利満氏の優雅な生活
ゴヤ論
ぐい呑み楽し
寓話
薬隠
灰色の奇跡
灰皿抄
八甲田山死の彷徨
窓を開けますか?
マジメ人間
窓の向こうはホワイト・アングル
マリーおばさんのフランス家庭料理
明治の骨董
明治の東京
明治商売往来
明治大正昭和の名著・総解説
めし茶碗愛好
変奇館の春
光の領分
非行老年のすすめ
方位学入門

悪魔の下回り
雨あがりの街
アメリカが見える窓
アメリカの編集者たち
アメリカ雑誌全カタログ
兄貴
アンコールの廃墟
あにき
愛が裁かれるとき
あの日あの時
暗室
ある結婚の風景
遊べ子供たち
バンコクの妻と娘
ビリー・ホリデイ
微笑
美食文学大全
帽振れ…
ぼくだけのハリウッド
ぼくの自身のための広告
ぼんぼん
英米文学カレンダー
映画たけしか頭になかった
映画百年史
英語の辞書の話
エジプト風俗誌
駅路
植物歳時記
フェニキア人
フランス音楽の11人
古い革張椅子
ふたりの女
再び帽振れ…
冬の花火
冬の光
冬の樹
外国からきた新語辞典
味をつくる人たちの歌
劇的人間
現代アメリカ文学全集
下駄の上の卵
月曜日の朝
銀座百話
銀座の柳
THE COLUMBIA ANTHOLOGY OF JAPANESE ESSAYS

向田邦子の本棚

本屋の女房

向田邦子

はじめて自分で選んで本を買ったのは、小学校四年のときである。お年玉かなんかでお小遣いがたまり、祖母がつきそって本屋へ出かけたのである。散々迷った末に選んだのは「良寛さま」。たしか相馬御風という方の書かれたものだったと思う。

随分しおらしいものを選んだものだが、四十年前には今ほど子供向きの本はなかった。それでもはじめて自分で本を選ぶ晴れがましさに、本屋中の人がみな自分を見ているような気がした。本屋はその時分住んでいた鹿児島の金港堂である。

ほかに娯楽がなかったせいか、子供の時分から本が好きだった。

学校から帰ると、祖母や母が、「来てるよ」と言う。「小学三年生」「小学五年生」などの本が本屋から届いているよ、という意味である。

ランドセルをおっぽり出すようにして読みふけった。お八つも、本をめくりながら食べた。

私はその時分から、親の目を盗んでは納戸に入り込み、判らないながらも「夏目漱石全集」や「明治大正文学全集」「世界文学全集」を読みふけるマセた子供ではあったが、やはり年相応の、しかも堂々とひろげられるこの本はやはり楽しみであった。

その頃、私は「大きくなったら本屋のオヨメさんになる」と言っていたらしい。無料で、しかも一日中本が読めると思ったのだろう。或時父に、食べながら本を読んでいるのを見とがめられ、

「食いこぼしがついたらどうする。そういうことでは本屋へヨメにゆけないぞ」

と叱られた。

将来書く側に廻ろうなど夢にも思わなかった時代のことである。

（「図書」1981・8／『夜中の薔薇』）

本棚Ⅰ

脚本、エッセイ・小説の糧となった蔵書

向田邦子が遺した蔵書が約一六〇〇冊あった。その多くを所蔵する実践女子大学図書館・向田邦子文庫を中心に、かごしま近代文学館と実妹・向田和子さん所蔵のものも含め、「向田邦子の本棚」を探っていく。

提供＝産経新聞社

本のキャプションはすべて左より。『夕暮まで』（吉行淳之介以下同　新潮社・1978年）、『夢・鏡・迷路』（潮出版社・1981年）、『花束』（中央公論社・1963年）、『鞄の中身』（講談社・1974年）、『樹に千びきの毛蟲』（潮出版社・1973年）

『禁色』（三島由紀夫以下同　新潮社・1969年）、『橋づくし』（文藝春秋新社・1958年）、『鏡子の家』第一部、第二部（新潮社・1959年）、『春の雪』（新潮社・1969年）

同時代小説

本棚には古今東西、さまざまなジャンルの小説があった。三十タイトル以上が揃う吉行淳之介をはじめ、三島由紀夫、田辺聖子、三浦哲郎など、所蔵数の多い同時代作家というくくりで並べてみた。

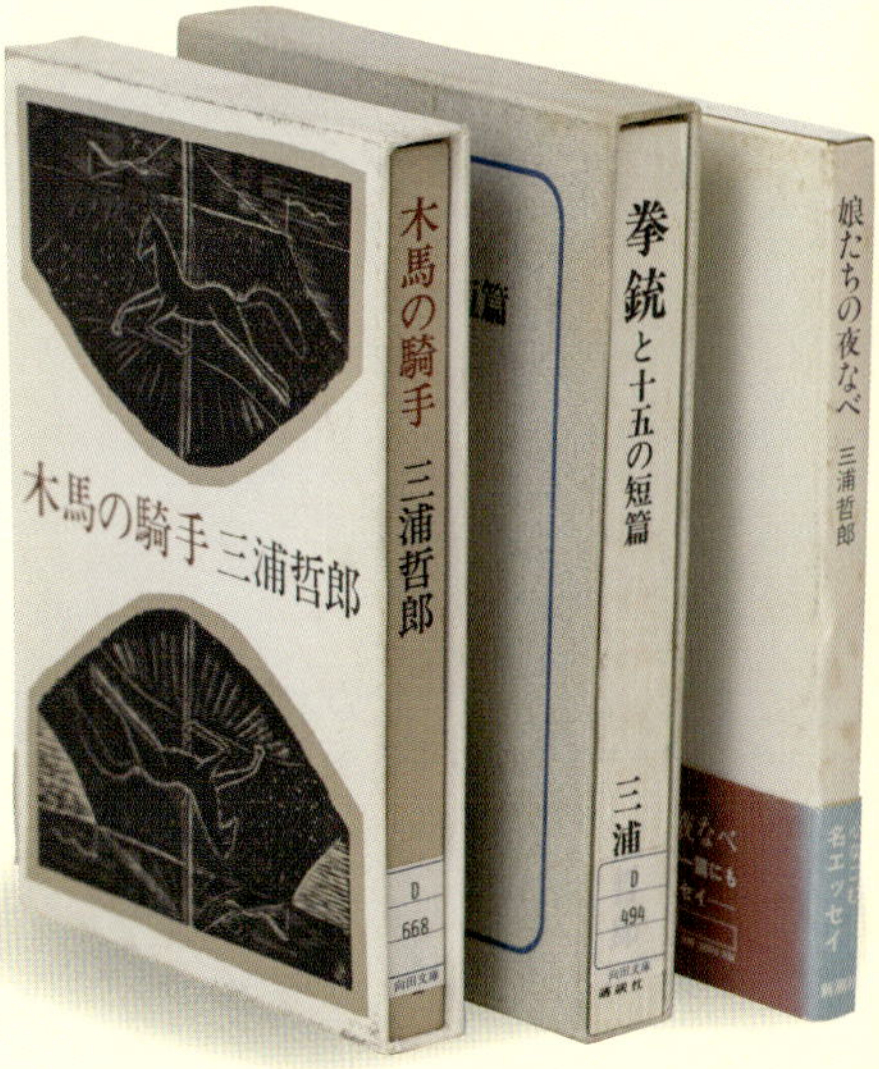

『木馬の騎手』(三浦哲郎以下同　新潮社・1979年)、『拳銃と十五の短篇』(講談社・1976年)、『娘たちの夜なべ』(新潮社・1981年)

『水の都』(庄野潤三以下同　河出書房新社・1978年)、『浮き燈臺』(新潮社・1961年)、『御代の稲妻』(講談社・1979年)

手前上より『質屋の女房』(安岡章太郎　新潮社・1963年)、『魚の泪』(大庭みな子　中央公論社・1976年)、『わが切抜帖より』(永井龍男　講談社・1968年)、『うたかた』(田辺聖子　講談社・1975年)

心にしみ通る幸福

好きな本は二冊買う。時には三冊四冊と買う。面白いと人にすすめ、強引に貸して「読みなさい」とすすめる癖があるからだ。貸した本はまず返ってこない。あとで気がつくと、一番好きな本が手許にないということになる。

乱読で読みたいものを手当り次第に読むほうである。寝ころがって読み、物を食いながら読む。ページを折ったりしみをつけたりは毎度のことで、本を丁寧に扱う人から見たら風上にも置けない人種であろう。外国旅行にも必ず本を持ってゆき、帰りは捨ててこようと思うのだが、結局捨て切れず重い思いをして持って帰ってくる。外国のホテルに、日本語の本を置いてけぼりにするのは、捨て子をするようで情において忍びないものがある。

読書は、開く前も読んでいる最中もいい気持だが、私は読んでいる途中、あるいは読み終ってから、ぼんやりするのが好きだ。砂地に水がしみ通るように、体のなかになにかがひろがってゆくようで、「幸福」とはこれをいうのかと思うことがある。

（「朝日新聞」1981・1・25／『夜中の薔薇』）

惚れ込んだ野呂邦暢作品

野呂邦暢の文章に魅せられ、『落城記』のテレビドラマ作品『わが愛の城』は、初めてのプロデュース作となった。「この企画に打込んだ情熱は、並々ならぬものがあった」（脚本家・柴英三郎）というが、八一年十月放送の同ドラマを見ることは叶わなかった。

奥左より『古い革張椅子』（野呂邦暢以下同　集英社・1979年）、『落城記』（文藝春秋・1980年）、『丘の火』（文藝春秋・1980年）、手前上より『草のつるぎ』（文藝春秋・1978年）、『ふたりの女』（集英社・1977年）

野呂邦暢氏の作品に惹かれたのは、私の持っていないものがみっちりと詰まっているからであろう。（中略）

文中に、本丸の横にある樹齢千年の楠が出てくる。（中略）わたしは死んでもこの世から居なくはならない。私は楠である、と主人公の娘に言わせている。

テレビ化させてくださいとお願いをした。快諾をいただいて一週間目に、野呂氏は急逝された。四十二の若さであった。

わたしは生れてはじめて、テレビ局へ企画を持ち込んだ。我ながらどうかしていると思うほど、本業そっちのけで夢中になった。

一回忌を過ぎた頃、（中略）関係者揃って諫早へシナリオ・ハンティングに出かけた。

高城跡に、大楠はそびえていた。（中略）

故郷も持たず、抱きついて泣く木を持つこともなく過ぎた人間にとって、妬ましくなるほどであった。私はこういう形で、仲間に入れてもらいたかったのだなと、やっと自分の気持ちに納得がいった。

（「楠」より抜粋　「文藝春秋」1981・9／『夜中の薔薇』）

多ジャンルの全集

幼い日、父の蔵書から持ち出して隠れて読んだという『漱石全集』はもとより、『鏡花全集』や『バルザック全集』といった大作家の個人全集から、『能楽全書』、音楽評論家『吉田秀和全集』など全集は多ジャンルにわたっていた。能楽などは読書家で古典芸能好きな父から受け継いだものかもしれない。

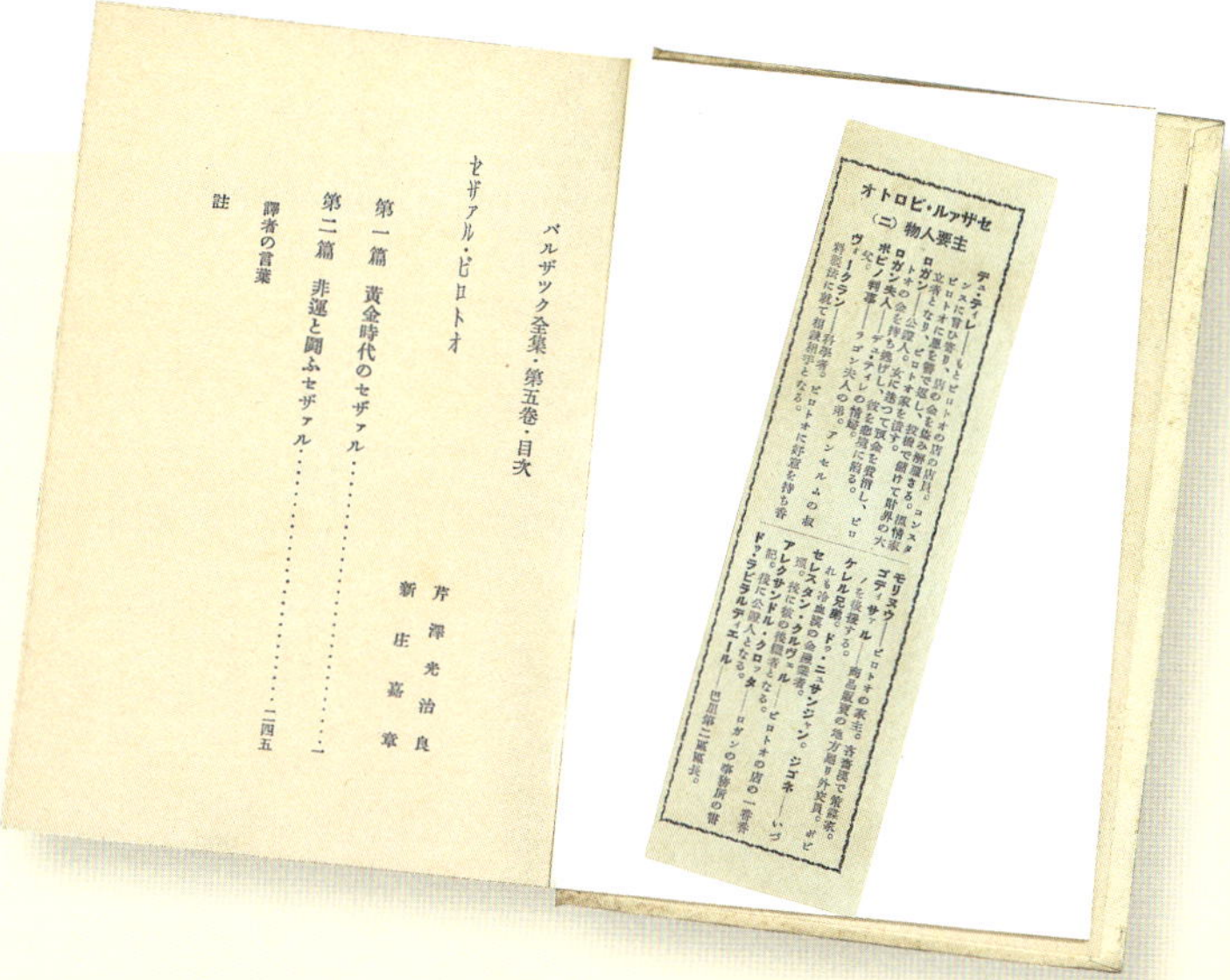

『セヴァル・ビロトオ』(『バルザック全集』第5巻　芹澤光良・新庄嘉章訳　河出書房・1941年)の目次と挟み込まれていた人物紹介

奥左より『太宰治全集』(筑摩書房・1957年)、『吉田秀和全集』(白水社・1975年)、『金子光晴全集』(中央公論社・1976年)、『能樂全書』(野上豊一郎編修　創元社・1942〜44年)、『漱石全集　第1〜17巻』(岩波書店・1974〜76年)、『鏡花全集』(泉鏡太郎著　岩波書店・1973〜76年)、手前左より『チボー家の人々』全7巻(マルタン・デュ・ガール作　山内義雄訳　白水社・1958〜59年)、『バルザック全集』(太宰施門ほか訳　河出書房・1941年)

一冊の本　吾輩は猫である（夏目漱石著）

この本に出会ったのは、小学校五年生のときです。

そのころ、私は鹿児島に住んでいました。西郷隆盛で有名な城山の並びにあるだだっ広いうちの納戸で、この本を見つけたのです。父の転勤で、東京から引っ越したばかりで、なまりのきつい土地の言葉になじめず親しい友だちもできなかったせいか、私は学校から帰るとよく本を読んでいました。アンデルセンやグリム童話集は卒業して、級友たちは吉屋信子の『花物語』などを回し読みしていました。私も読みましたが、いまひとつ夢中になれなくて、母の『主婦之友』や祖母の『キング』などをそっとめくったりしていたころです。

父は、家庭的には恵まれなかった人で、学歴も高等小学校卒ですが、本が好きで結婚した当座、六十五円の月給の中から十二円五十銭も本屋の支払いに天引されていた、とよく母が愚痴をこぼしていました。

四畳半ほどの納戸は、本でいっぱいでした。『明治大正文学全集』『世界文学全集』『北村透谷全集』『厨《くりや》川《がわ》白村全集』『富士に立つ影』『南国太平記』『クロポトキン全集』の背文字を今でも覚えています。

『夏目漱石全集』は、その中でいちばん端にありました。どういうわけか、漱石全集だけが、茶色のカバーの背ではなく、赤と緑の布張りの中身のほうがのぞいていました。父もこの色を気に入って、わざと見えるように並べていたのかもしれません。

吸い寄せられるように第一巻を手にとりました。

『吾輩は猫である』

何の迷いもなく引き抜いてページをあけました。

「吾輩は猫である。名前はまだ無い」

生まれて初めて、それも親に内緒でおとなの小説を読むという気負いとこわばりが、この一行目でスッと消えました。あとはもうおもしろくておもしろくて眠ったり学校へ行ったりするのが惜しくてたまりません。

納戸には牢屋のような小さな明かりとりの小窓があるだけです。その桟《さん》をずらすと、明るい光が縞になって薄暗い納戸にさし込み、夏みかんや枇杷《びわ》のおい茂る裏山のにおいも風といっしょに入ってきました。

私はときどき天井を見上げて、家守《やもり》やむかでが落ちてこないか用心しながら読みました。母や祖母の気配がすると、納戸の隣の子供部屋に飛び込んで、相馬御風の『良寛さま』という本を上にのせ、見つかったときの用意にしました。

今から考えればませていたとはいえ、小学校五年の子供に夏目漱石がどれほどわかったのか疑問です。私もはじめは、「おはなし」として読んだような気がします。鼻毛を抜いて並べる主人公苦沙弥《くしゃみ》先生や寒月君。私はワルの車屋の黒がひいきでした。読んでいる間、私はこの本から、ひげをはやした偉そうな夏目漱石先生から、一人前のおとな扱いされていました。

おとなの言葉で、手かげんしないで、世の中のことを話してもらっていました。たわいない兄弟げんかやおやつの大きい小さいで泣いたりすることが、ばかばかしくなってきました。

ほろ苦い味や皮肉。しゃれっけ。男というもの。そして小説。偉そうにいえば文学。

なんだかわからないけれど、大きく深くて恐いもの……。これを教えてくれたのが、この本だったように思います。二十五年か三十年あとに、字を書いて身すぎ世すぎをするようになろうとは夢にも思いませんでしたが、最近になってこの本は私の中の何かの尺度として生きているという気がしてなりません。

初めて手にした本は、初恋の人に似ています。初めて身をまかせた男性ともいえるでしょう。

さして深い考えもなく、だれにすすめられたわけでもなく、全く偶然に手にしたこの一冊は、極上の香り高い「ほんもの」でした。このことを私はとてもしあわせに思っています。

（「ジュノン」1977・6／『眠る盃』）

ドラマ化も手掛けた古典

源氏物語、今昔物語、芭蕉、近松、西鶴、そして江戸に関した事典や風俗本など、古典作品のコレクションが充実していた。

一九八〇年の久世光彦演出のテレビドラマ『源氏物語』では脚本を手掛けている。翌年の『隣りの女』は、副題を「現代西鶴物語」と付け、「好色五人女」の現代版という発想から書かれたものだった。

また、「お軽勘平」「わが拾遺集」など、古典作品の名前をウイットにあふれた随筆のタイトルとしてさりげなく取り入れていた。

『源氏物語』(紫式部著　谷崎潤一郎訳　中央公論社・1961年)

『近松浄瑠璃集　下』(近松門左衛門[著] 守随憲治、大久保忠国校注　岩波書店・1963年)、『浄瑠璃集　下』(鶴見誠校注　岩波書店・1959年)、『浄瑠璃集　上』(乙葉弘校注　岩波書店・1960年)、『今昔物語集』(山田孝雄[ほか]校注　岩波書店・1962～63年)、『世阿弥禅竹』(表章　加藤周一校注　岩波書店・1974年)、『『黄表紙　洒落本集』(水野稔校注　岩波書店・1962年)、芭蕉の恋句』(東明雅　岩波書店・1979年)、『好色五人女』(井原西鶴著　暉峻康隆訳註　角川書店・1978年)、『好色一代男』(井原西鶴著　暉峻康隆訳註　角川書店・1979年)、『日本永代蔵』(井原西鶴著　暉峻康隆訳註　角川書店・1979年)、『世間胸算用』(井原西鶴著　前田金五郎訳註　角川書店・1980年)

作者ノート

劇的に生きた女の隣りには……

「隣りの女〜現代西鶴物語」
1981年　TBS（出演　桃井かおり、林隆三、根津甚八、浅丘ルリ子）
井原西鶴の「好色五人女」を現代に置き換え、偶然から性への冒険へと飛び込む平凡な人妻の心理を描いた。

子供の時分のことだが、隣りのうちで殺人事件があった。我が家は、小さく泣いたり吠えたりはあっても、そういう大事件とは無縁の人間の集まりだったから、みな度を失いひどく興奮したのを覚えている。

劇的に生きた女たち、つまり西鶴の「好色五人女」の隣りには、劇的に生きたいと願いながら、平凡に生きた女たちがいたに違いない。

昔は幸福も不幸も一戸建ちだったが、アパート時代の現代は、壁ごしに、隣りの金廻りも性も筒抜けである。

私は西鶴の、こまごまとした日々の暮しと金銭のなかに性のある描き方が好きだ。もし、男に都合のいい当時のきびしい制度がなかったら、西鶴の女たちの何割かは、たくましく生き、恋に命を燃やしただろうし、もっとしたたかにやり直しの道を選んだのではないか。そんなことを考えた。

（「ドラマ」1981・5）

源氏物語・点と線

三時間のテレビドラマ「源氏物語」を書き上げた晩、演出の久世光彦氏から電話があった。ねぎらいのことばを期待して受話器をとったところ、いきなりどなられてしまった。

ひとり足りない、というのである。

そんな筈《はず》はない。

源氏物語は、名前のある登場人物五百人といわれているが、三時間に縮める関係で四十人ほどに絞り、洩《も》れのないよう一覧表をつくって書いたのである。

そんな筈は絶対にない。

ところが、久世ディレクターは、ひとり抜けている、という。

「絹村が抜けてるよ」

あ、と私は叫んだ。

そうだ、絹村が抜けている。

「申しわけない。すぐ書き足すわ」

平謝りに謝って電話を切ったところで目が覚めた。

夢だったのである。

おそらく百時間かけても足りないであろう、あの厖《ぼう》大《だい》な物語を、正味《しょうみ》三時間四十分ほどに納めなくてはならない重圧感が、こんな夢をみさせたのであろうが、それにしても絹村というのはなんだろう。源氏物語に、そんな名前の女房はいない筈だがと、半分寝惚《ねぼ》けた頭で考え、気がついて笑ってしまった。

絹村というのは、このドラマを放映するTBSの編成局長の名前であった。いただいた名刺をみて、建売住宅のごときわが苗字《みょうじ》と引きくらべ、字画《じかく》も響きも美しい苗字だなと感心したが、それが源氏物語の登場人物と結びついてしまったらしい。
このはなしは、打ち上げの会の席で白状をした。当の絹村氏は面白そうに笑っておられた。

テレビドラマを書きはじめて十年になるが、原則として、私は脚色を辞退する、という営業方針でやって来た。百歩ゆずって、原作にのっとって書く場合でも、物故作家に限る、と強情をはりつづけた。女のくせに横着者《おうちゃくもの》で、ひと様の書いたものを丹念に読み、その意を的確に伝える作業に向かないと決めていたからである。

ところが、十年目に、罰はいっぺんにあたって、人もあろうに紫式部を引きあててしまったのである。

振りかえってみると、源氏物語は、物心ついた時分から私のすぐそばにあった。父の本箱にならんでいたのである。昭和三年九月発行、有朋堂文庫、全四巻の源氏物語であった。青い背表紙のハンディなものである。

私は、これを「青い本」といっていた。まだ文字も読めず、その本のなかみが何であるか全く知らない時分に、そうよんでいた覚えがある。同じ頃、ならんでいた大判の改造社版、現代日本文学全集は、私にとってみかん色の本であった。みかん色のほうは、重い上に字ばかりでつまらなかったが、青い本には、ところどころにお姫様の絵があった。それにひかれてめくった記憶がある。

私は、まだ字の読めない頃に、源氏物語という背表紙の字を、ひとつの絵、ひとつの雰囲気《ふんいき》として手にとってあそんでいたらしい。

この青い本を父にもらったのは、女学校に入ったときだったが、

「いづれの御時《おんとき》にか、女御更衣《にょうごこうい》あまたさぶらひ給ひけるなかに……」

あたりで、うんざりしてしまい、進学祝いに買ってもらった本箱の一番上に飾って眺めるだけとなった。

このあと、戦争に追われて勉強らしい勉強もせず、坐って字を書くより、走るのが好き、飛ぶのが好きで、体操教師になりたい、と夢見た女の子は、どういう間違いか国語を専攻し、源氏物語は、正規の科目となってしまった。

このとき教えていただいた先生のお名前も失念しているが、不肖《ふしょう》の学生なのだが、かなり高齢の学究は、お年に似合わぬシャイなかたで、光源氏朝帰りのくだりになると、わがことのように顔をあからめられる。月謝をはらって習ったことは綺麗《きれい》に忘れてしまい、思い出すのは、首筋の汗を拭《ぬぐ》われる先生の、灰色のハンカチだけなのである。三十年あとに、源氏物語の脚色をする破目《はめ》になろうとは、思ってもみなかった。

谷崎源氏にめぐりあったのは、昭和三十八年から九年にかけてではなかったろうか。

「こんにちは赤ちゃん」がはやり、女性宇宙飛行士がはじめて空を飛んでいたが、私の気持は一番沈んでいた頃だった。

一身上にも、心の晴れないことがつづき、仕事の面でも、わかれ道に立っていた。自分ひとりがきりきり舞いをしてみても、どうにもならないもどかしさの中で焦立《いらだ》っていた。

その中でひろげた谷崎源氏であった。

「源氏物語　巻一」

書を職業とする人の筆ではない、はんなりとしたこの題字をみたとき、いま一番自分に欠けているものはこれだと思った。わけもなく涙がにじむ思いをしたことを覚えている。

私は、谷崎源氏の、位の高さが好きだった。

女の書いた、ややくだくだしい物語を、キッパリした、しかし、心くばりのやさしい、艶《つや》のある男の声で読んでもらっている快さがあった。男も女も、なまめかしく思えた。花にも衣裳にも、色がついてみえた。

思いがけず、仕事で、十五年ぶりに源氏物語と対面することになったとき、やはり私が手にしたのは、父の形見の有朋堂文庫と谷崎源氏であった。

原作を読み込み、何としても二時間四十分、三百字のテレビ用原稿用紙二百三十枚にしなくてはならない。

この時期、私はアフリカのケニヤにライオンをみに出かけたのだが、このふたつの源氏は旅行カバンに入れていった。

雪をいただくキリマンジャロのみえるアンボセリ動物保護区の、掘立て小屋のようなロッジのベランダで、サファリの昼休みに、源氏物語をひろげていた。

桐壺・藤壺あたりは、原作に忠実に脚色することにしよう。厖大な物語というのは、日記と同じで、みな入口だけは丁寧《ていねい》につきあうものだから。六条御息所《ろくじようのみやすどころ》・葵《あおい》の上・夕顔あたりも人口に膾炙《かいしや》している人物だからあまり勝手な真似は出来ない。末摘花《すえつむはな》と女三の宮のふたりは、どうも紫式部自身、波長が合わないらしく、すこし手きびしく描かれている。私は、このふたりに目をかけ、現代を少量まぶして描いてみよう。

ロッジのひろい前庭は、朝は象がくるし、ひところはライオンも朝の散歩にきたそうである。心地よい風にうとうとして、気がついたら、ベランダのそばの木に鈴生《すずな》りになって私を眺めていたベルベット・モンキーの一匹が、谷崎源氏（文庫本）の一冊をひったくって逃げ出した。ベルベット・モンキーというのは、顔と尾だけが黒で、あとは全身銀色の可愛らしい中型の猿である。

木の枝をひろって十メートルばかり追いかけ、取りもどしたのだが、表紙は破れ、嚙《か》みあとがついていた。このとき、そばにあった青い有朋堂文庫の源氏も、あおりをくってテーブルの下に落ちていた。拾い上げ、泥をはたいていて、私は、裏の見返しのところに、鉛筆で、奇妙な線が引かれているのに気がついた。

子供の落書きであった。

弟や妹がこの本を手にしたというはなしは聞かないから、恐らくこれは私のであろう。

五歳のときに書いたとすれば、四十五年ぶりである。幼い光源氏はみずら髪であったが、私もお河童《かっぱ》であった。

一冊の本、ひとつの物語は、ひとりの女の上にも、こんなおかしな点と線をたどるのである。

（『潤一郎訳源氏物語』巻六月報六　1980・3）

社会派ノンフィクション

向田がテレビドラマ化に一役買った本田靖春『誘拐』、澤地久枝『昭和史のおんな』他様々な事件や社会問題の本が揃うが、戦時中の兵士の葛藤に寄り添った向坊壽『帽振れ…』など、戦記や戦史など戦争を振り返るものが数多くあった。

奥左より『帽振れ…』(向坊壽　昭和出版・1975年)、『ルポ・精神病棟』(大熊一夫　朝日新聞社・1978年)、『わたしの収容所群島』(中野英高　英知出版・1977年)、『平眠　わが母の願った安楽死』(鈴木千秋　新潮社・1978年)、『ある鳶職の記録』(尾股惣司著・橋本義夫編　ふだん記全国グループ・1972年)、『リリー・マルレーンを聴いたことがありますか』(鈴木明　文藝春秋・1975年)、『バンコクの妻と娘』(近藤紘一　文藝春秋・1980年)、手前上より『誘拐』(本田靖春　文藝春秋・1977年)、『昭和史のおんな』(澤地久枝　文藝春秋・1980年)

私の買った本

『私の魚博物誌』内田恵太郎　立風書房
『日本魁物語』駒敏郎　平凡社
『ことばの世界』M・ペイ著　外山滋比古他訳　講談社
『どこかで猫が待っている』D・タンギー著　加島祥造訳　新潮社
『四都市物語』海野弘　冬樹社
『名士小伝』J・オーブリー著　橋口稔他訳　冨山房
『アスピリン・エイジ』I・レイトン編　木下秀夫訳　早川書房
『星降るインド』後藤亜紀　北洋社
『アメリカが見える窓』常盤新平　冬樹社
『木馬の騎手』三浦哲郎　新潮社

（「朝日ジャーナル」ブックガイド80臨時増刊　1980・3・25）

辞典好き

『悪魔の辞典』『明治事物起源事典』など、タイトルを見ただけで好奇心をそそられる辞典、脚本や小説の参考になると思われる辞典が集められていた。

『三省堂世界史小事典』(三省堂編修所編　三省堂・1968年)、『隠語小辞典』(現代流行語研究会編　三一書房・1966年)、『外国からきた新語辞典』(斎藤栄三郎編　集英社・1965年)、『暮らしの中のことわざ辞典』(折井英治編　集英社・1971年)、『悪魔の辞典』(アンブローズ・ビアス　西川正身選訳　岩波書店・1968年)、『世界の故事名文句事典』(自由国民社・1962年)、『古川柳風俗事典』(田辺貞之助　青蛙房・1963年)、『英米故事伝説辞典』(井上義昌編　冨山房・1963年)

『暮らしの中のことわざ辞典』にはさまれていた新聞の切り抜き。「春の味　イチゴのマルキーズ」を作ろうとしていたのだろうか。

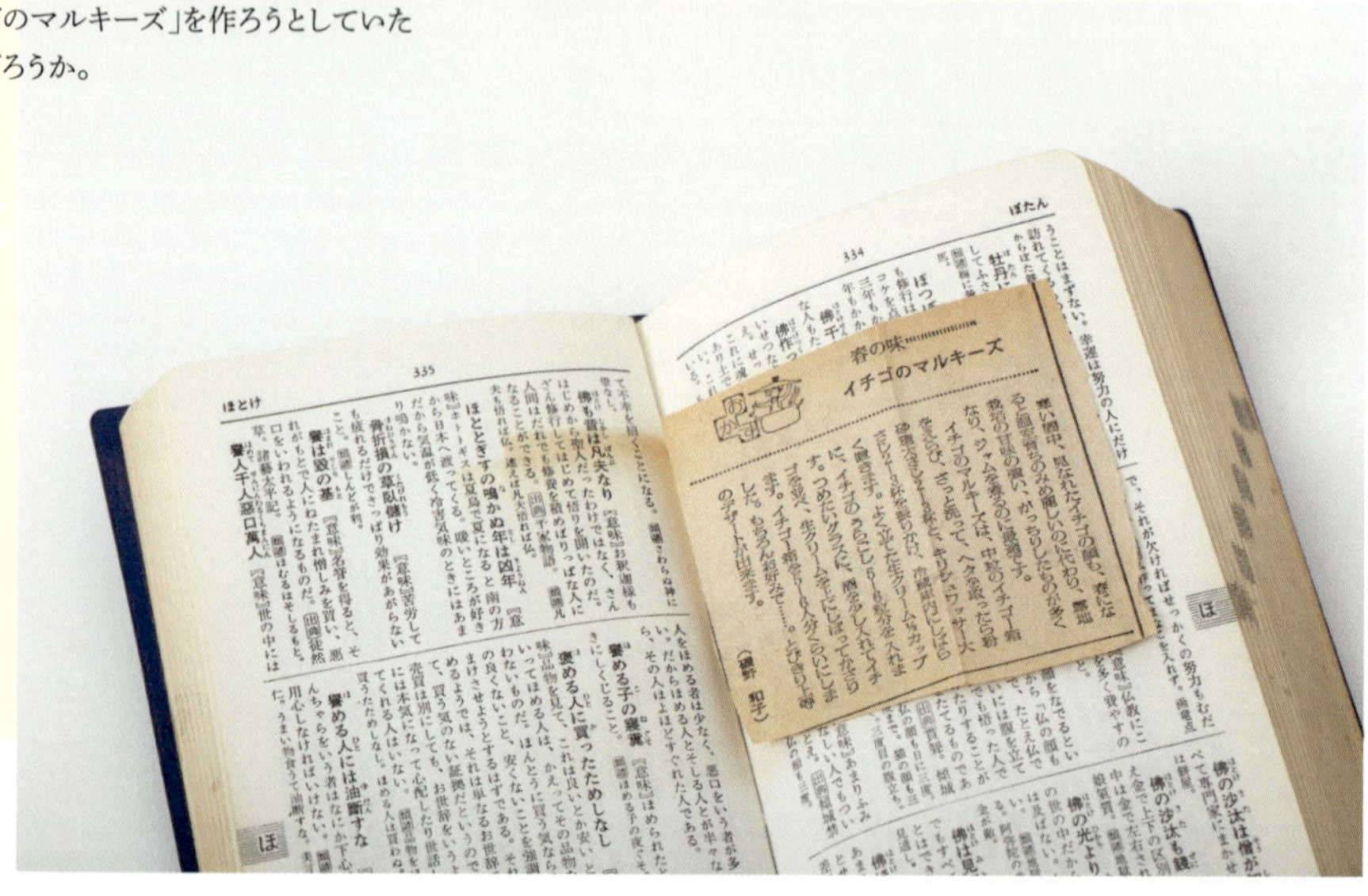

『大正人物逸話辞典』(森銑三編　東京堂出版・1966年)、『江戸市井人物辞典』(北村一夫　新人物往来社・1974年)、『明治事物起源事典』(至文堂編集部　至文堂・1968年)、『江戸武家事典』(三田村鳶魚・稲垣史生編　青蛙房・1966年)

国語辞典

（略）私はひところ、『黄金分割』というやたらにむずかしい建築の専門書を読んで――いや、読むというよりブラ下がるといったほうが正確かも知れません。なにしろ基礎知識がないものですから、一ページ読むのに、何時間もかかるのです。寝る前に、聖書を読むように読んで、三《み》月《つき》ぐらいかかりました。もちろんチンプンカンプンです。でも、全く知らなかった世界を少しのぞくことができました。建物を見る目が少し違ってきました。本屋さんへ行くと、今までいったこともない建築のコーナーへいってわかりもしない本を手にとるようになりました。この本は、友人が贈ってくれたものです。私ははじめ、なんて見当違いな本をくれたのかしら、と思いましたが、今ではその友人に感謝しています。本屋へ行くと、新刊と料理、美術、というコーナー以外のぞいたことのない私に、未知の世界への目を開かせてくれたのです。

『左利きの世界』（箱崎総一著）は、それほどむずかしくなくて、いや、むしろ、やさしくおもしろいといってもいいでしょう。それでいて、今まで知らなかった別の世界を教えてくれる本なのです。

（中略）

一冊の辞書はスリ切れるまで一生使う。そして、あとは、ベストセラーばかり追いかけずに、なるべく人の読まない本、自分の世界とは無縁の本、むずかしくてサッパリ分からない本を読むのも、頭脳の細胞活化のためにいいのではないかと思います。

（「わたしの赤ちゃん」1976・10／『眠る盃』）

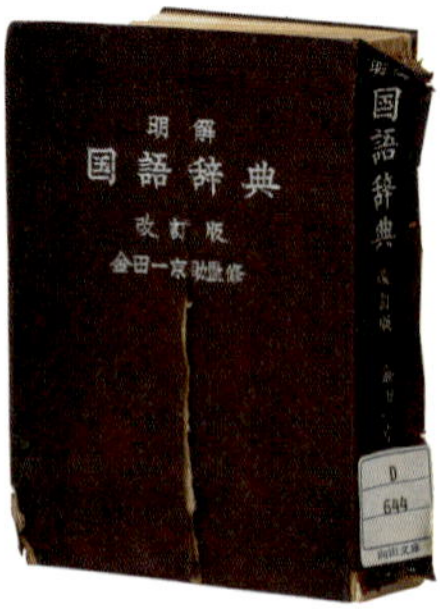

『三省堂明解国語辞典』（見坊豪紀ほか編集　金田一京助監修　三省堂・1960年）

憧れの詩集

「詩人にコンプレックスがある、インベーダー」としか思えないと、谷川俊太郎氏との対談（『向田邦子全対談集』収録）で告白している。蔵書には、『中原中也全集』をはじめ、同世代の詩人の作品集があった。

奥左より『食物小屋』（川崎 洋　思潮社・1980年）、『中原中也全集』（小林秀雄ほか編纂　角川書店・1960年）、『コカコーラ・レッスン』（谷川俊太郎　思潮社・1980年）、『そのほかに』（谷川俊太郎　集英社・1980年）、『マザーグースのうた』第1集〜第2集（谷川俊太郎訳、堀内誠一画　草思社・1975〜77年）、手前左より『十二の遠景』（高橋睦郎　中央公論社・1970年）、『詩から無限に遠く』（高橋睦郎　思潮社・1977年）、『荒童鈔』（高橋睦郎　書肆林檎屋・1977年）

青山・骨董通り近くに住み、骨董屋にはよく立ち寄った
提供＝朝日新聞社

お気に入りの骨董

「自分の気に入らないものは目の中に入れたくない」と言い切り、お気に入りの器を「普段使い」にした。その中には骨董も多く、本を買い、展覧会に足を運び、勉強をしていった。

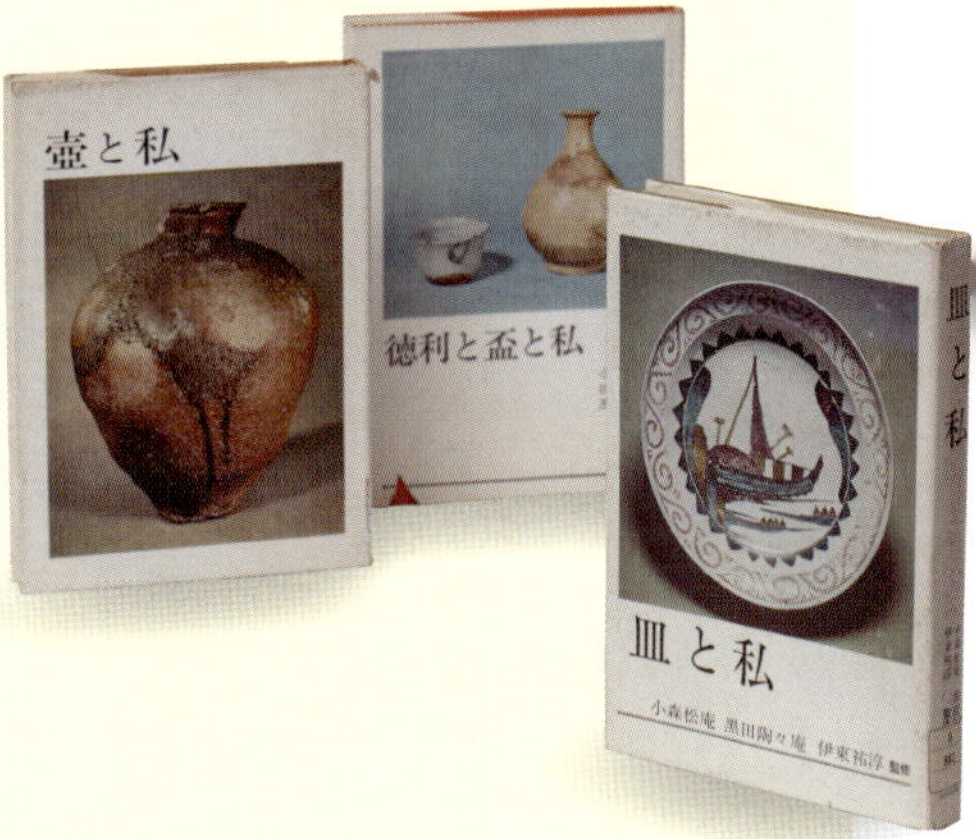

『壺と私』(光芸出版・1969年)、『徳利と盃と私』(光芸出版・1969年)、『皿と私』(光芸出版・1970年)

奥左より『日本の陶磁』(小山冨士夫　中央公論美術出版・1967年)、『東洋陶磁の美』(永竹威　河出書房新社・1968年)、手前上より『油壺集め』(山下忠平編著　光芸出版・1974年)、『明治の骨董』(料治熊太　光芸出版・1973年)

上より『支那陶磁器史』(渡邊素舟　成光館書店・1934年)、『古伊万里染付皿』(山下朔郎　雄山閣出版・1970年)、『やきもの歳時記』(佐藤千尋　求龍堂・1968年)、『古染付』(佐藤千尋ほか　求龍堂・1969年)、『東洋古陶磁』(小山冨士夫　美術出版社・1961年)

写真左
かごしま近代文学館所蔵

醤油差し　作・北大路魯山人

気に入って買い求め、何日か使ってみる。客にも出す。すると、これは何ですかとたずねられるようになった。自分でも、多少、知りたいという気持にもなった。

陶磁の本を買い、展覧会にも足を運び、染付がどうの、古伊万里がどうのと、聞いたふうな口を利くようになったのは、あとのことである。

「眼があう」『女の人差し指』

豊かではなかったが、暮しに事欠く貧しさではなかった。昔の人は物を大切にしたのであろう。今でも私は客が小皿に残した醤油を捨てるとき、胸の奥で少し痛むものがある。

「残った醤油」『夜中の薔薇』

伊万里染付蓋付茶碗

私のように知識も鑑定眼も持ち合わさない人間は、体で判断するほかはない。背筋がスーとして総毛立ったら、誰が何と言おうと、私にとっては「いいもの」なのである。（略）

安南仕込茶碗。

見た途端、耳のうしろを、薄荷《はっか》水《すい》でスーとなでられた気がした。

緑釉《りょくゆう》の具合が何とも言えない。小振りで、私の掌におだやかに納まるのも嬉しくなる。

「負けいくさ」『眠る盃』

器　かごしま近代文学館所蔵

安南仕込茶碗

赤絵の隅切皿　通称「海苔のお皿」。向田家の食卓では、この皿に海苔がのっていた。

祖母がパリパリといい音をさせて海苔を八つに切る。子供はそれをさらに半分に切って一人が八枚。枚数は同じだが、半分で大人の半分である。(中略)
このころ使った海苔の皿は、九谷の四角いものである。十一回か二回の引っ越しで十客が二客に減ってしまったが、いまも私の手許に残っている。

「海苔と卵と朝めし」『夜中の薔薇』

江戸後期や幕末の伊万里のそば猪口。湯呑として、あるいは向付に使われた。

新しょうがに味噌をそえた酒のつまみも、持ち重りのする、時代の匂いのついた皿にのせたらどんなにおいしかろうと思うようになった。散歩のついで、買物のゆき帰り、よその土地へ出かけたときに、古い皿小鉢を商う店を覗《のぞ》くようになったのは、その時分からである。

「眼があう」『女の人差し指』

愛用された日々の器たち。染付花鳥文鉢(左上)
と青磁染付草文皿(大明成化年の裏印あり)

日々のアート

多くの美術書の蔵書の中に美術展の図録が何冊もあり、忙しい合間を縫って足を運んでいたことがわかる。藤田嗣治や片岡球子らのリトグラフや絵画を日常の中で楽しみ、本からもアートにふれた。

『八十八』（中川一政　講談社・1980年）、『腹の虫』（中川一政　日本経済新聞社・1976年）、『イコンの世界』（浜田靖子　美術出版社・1978年）

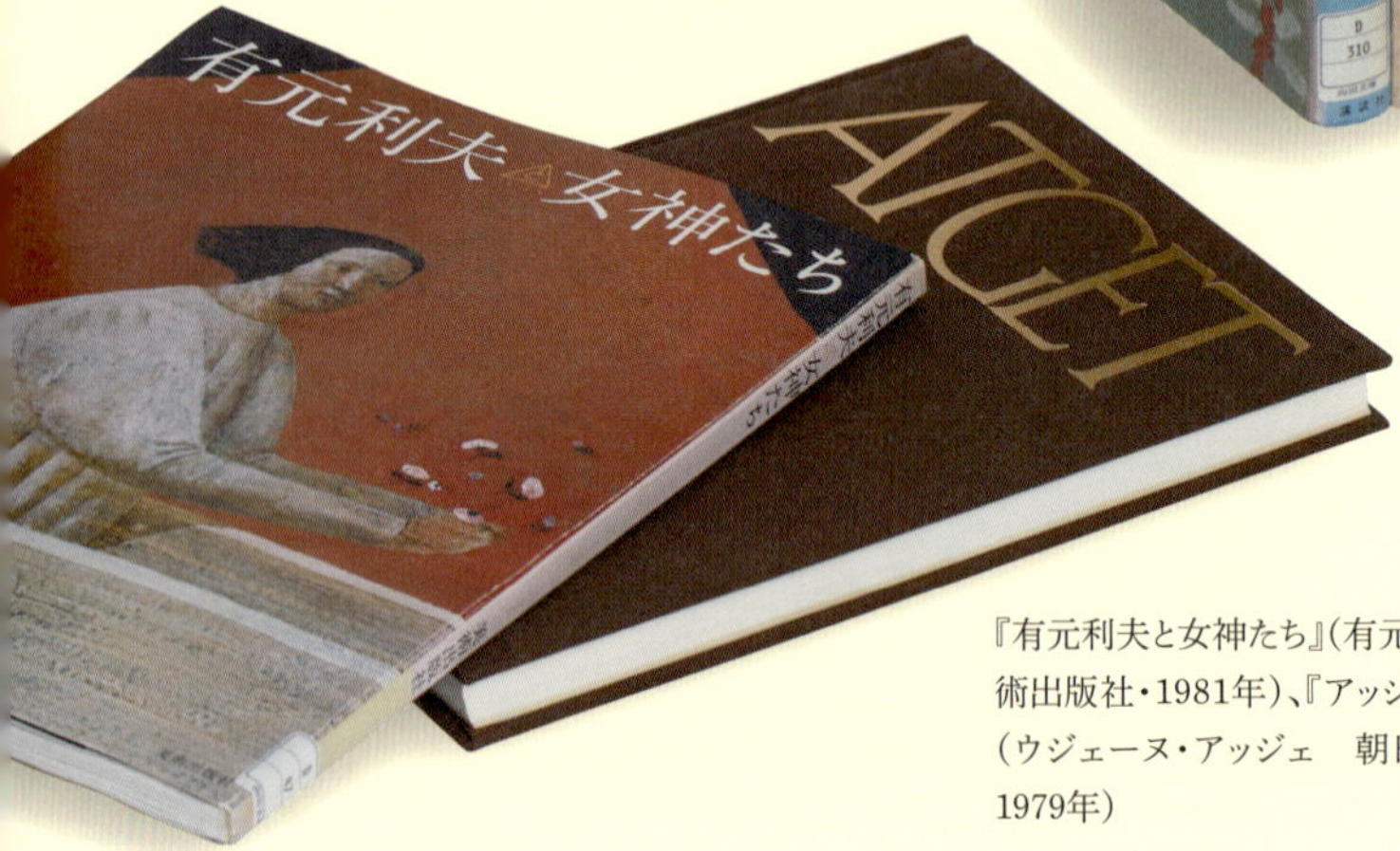

『有元利夫と女神たち』（有元利夫　美術出版社・1981年）、『アッジェのパリ』（ウジェーヌ・アッジェ　朝日新聞社・1979年）

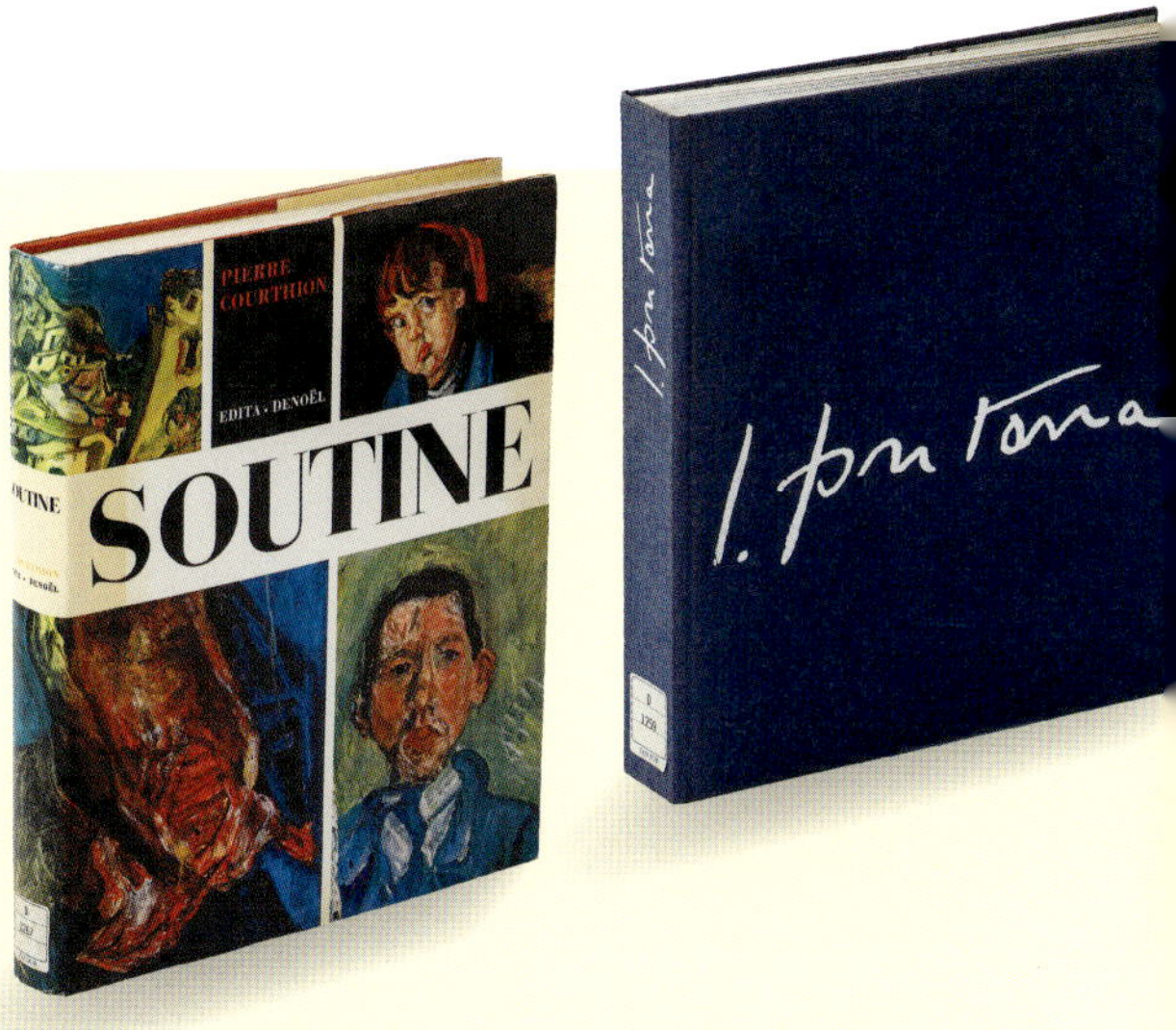

『SOUTINE』(Pierre Courthion　Edita S.A.・1972)、『Lucio Fontana』(Lucio Fontana　Palazzo Reale Comune di Milano Ripartizione iniziative culturali・1972)、『CALDER'S CIRCUS』(ed. by Jean Lipman with Nancy Foote　E. P. Dutton・1972)

『奇想の系譜　又兵衛〜国芳』(辻惟雄　美術出版社・1970年)、『葛飾北斎』(小島政二郎　光風社・1964年)、『建築を愛しなさい』(ジオ・ポンティ、大石敏雄訳　美術出版社・1964年)、『建築用語漫歩』(矢田洋　文化出版局・1980年)、『ゴヤ論』(サンチェス・カントン、神吉敬三訳　美術出版社・1972年)

実家を出て独立生活をはじめた当時（一九六四年）の写真の中に、本棚に納められた『クレーの日記』がある。若いころからの愛読書で何度も開いたにちがいない。

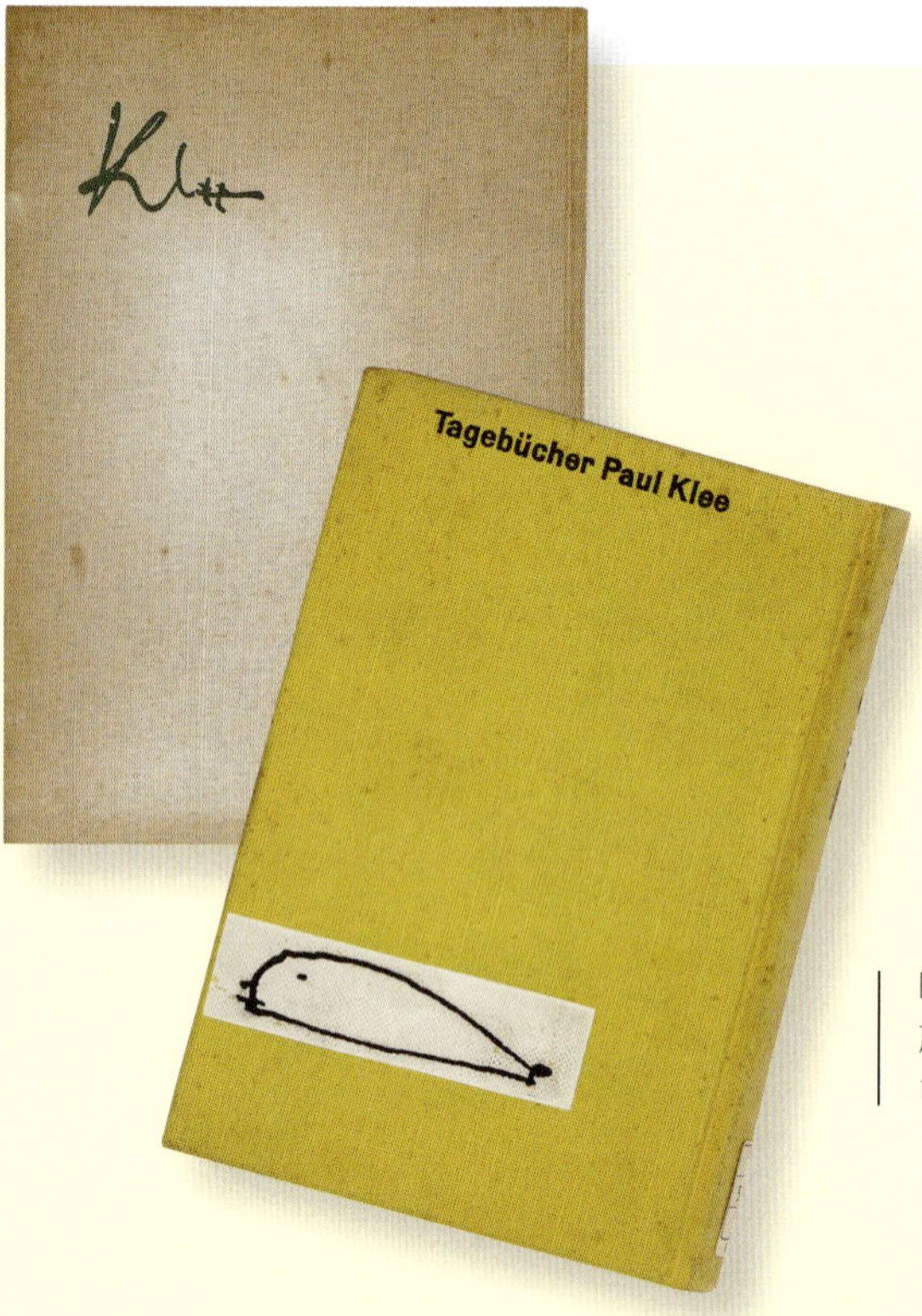

『クレー』（パウル・クレー・画　みすず書房・1959年）、『クレーの日記』（パウル・クレー、南原実訳　新潮社・1961年）

1970年から1973年に発行された『ファブリ世界名画全集』（平凡社）の一部も大切に保管されていた。

藤田嗣治の「猫」

取材撮影のときは決まって藤田の「猫」の前に座った
撮影＝立木義浩

長谷川利行の「少女像」

「私がこの人の絵を一枚欲しいと思うようになったのは、自分が逆立ちしても出来ないものに憧れたからであろう」（「利行の毒」「婦人公論」１９８０・７）

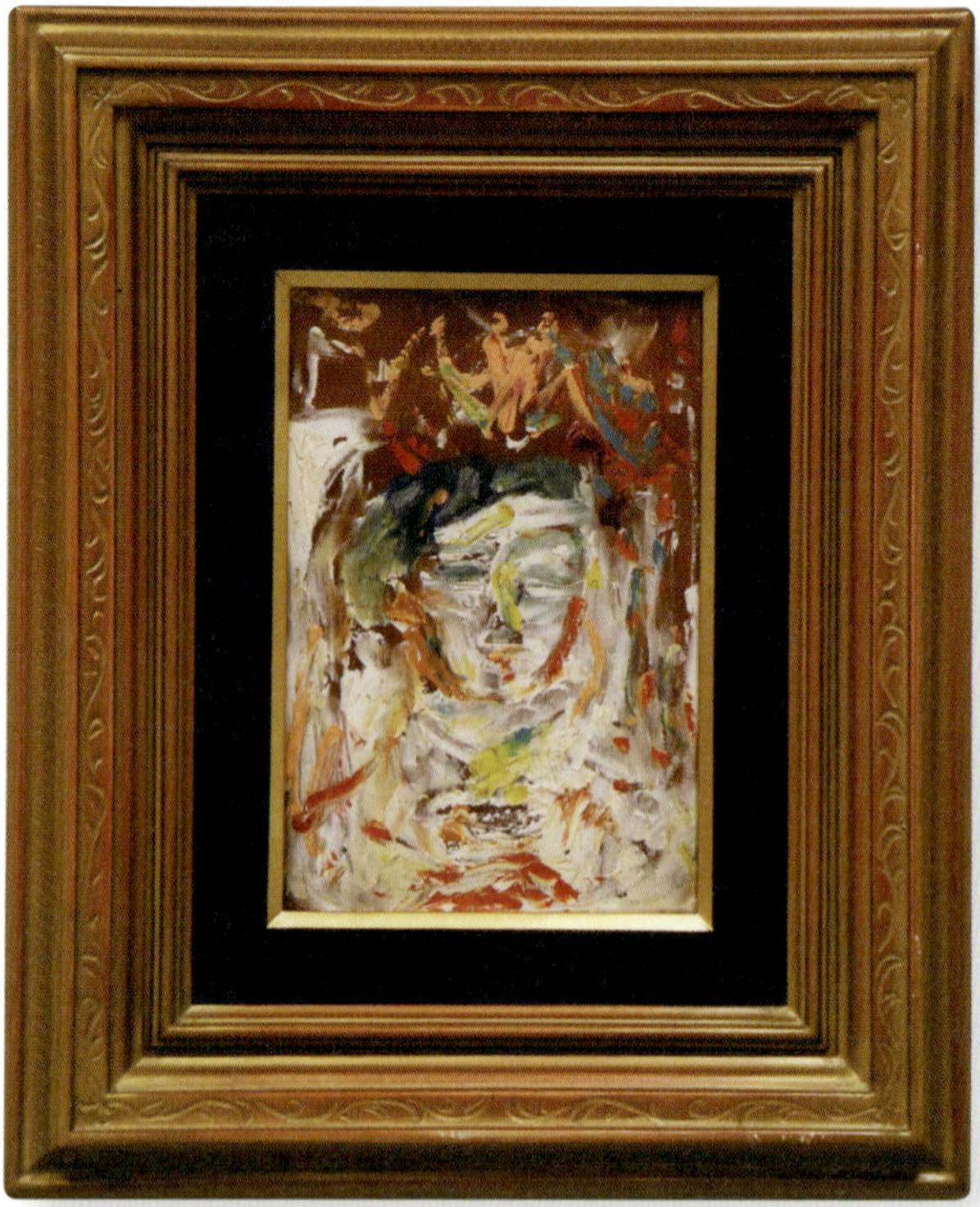

『長谷川利行画集』（長谷川利行画集刊行会・1963年）

（左ページ下以外）かごしま近代文学館所蔵

中川一政の書画

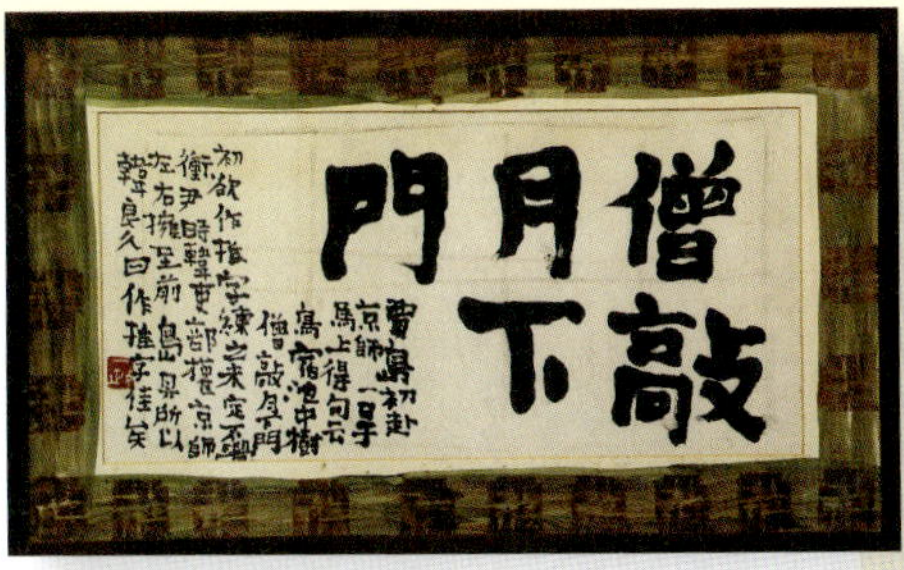

玄関正面にかかっていた書、「僧ハ敲ク月下ノ門」。「推敲しなさい」という意味。

「あ・うん」の装画。直接向田が中川氏に頼んだという。

『中川一政展　吉井画廊十周年』（吉井画廊・1975）の図録とチラシ。

今年の二冊　文春図書館

自分が小説を書きはじめたせいか、ひと様の作品をあまり読まなくなった。あまりにみごとだと、溜息ばかりで気持が沈んでしまうし、「引っぱられ」そうで不安だったからである。

『すばらしいセリフ』（戸板康二　駸々堂）は、楽しく読んだものである。

芝居のなかのちょっといい名セリフ百二十の由来とまつわるはなしをさらりとした達意の文章で教えていただいた。私の大好きな「寄らば斬るぞ」が入っているのも嬉しかった。この名セリフが、作者でなく活弁のアドリブらしいということもはじめて知った。

『風の炎』（稲越功一　北欧社）は印度の写真集である。

行ったことのない土地の匂いがページの間から立ちのぼってくるのに驚いた。それと、この作者の文章のみごとさに感心してしまった。篠山紀信氏のカイバー峠を書いた文章に感嘆したことがあったが、名手のカメラは極上の万年筆なのかも知れない。

（「週刊文春」1980・12・25）

エッセイ「ライター泣かせ」の自筆原稿
写真＝栗原論　実践女子大学図書館　向田邦子文庫

対談

なりたかったのは巫女さんと本屋のお嫁さん

イーデス・ハンソン（タレント）
×
向田邦子

ハンソン　前から一度お目にかかりたいと思ってたんです。あたし、向田さんが書いたテレビ番組の大ファンだから。

向田　ありがとうございます。嬉しいなあ。何かごらんになっていらしたんですか？

ハンソン　そりゃもう、「寺内貫太郎一家」は欠かさずでしょう。「だいこんの花」も見てましたし、「時間ですよ」も向田さんが書いてらした？

向田　はい。時々ですけど。ああ、そうですか……。

ハンソン　とくに「貫太郎一家」の放送日なんて、お酒に誘われても、「ダメ！　今日はテレビ見なくちゃ」って（笑）。たとえば、ジュリーのポスターが突然ウインクする場面がありましたね。ああいうナンセンスを楽しむ雰囲気が大好き。あれはごく当り前に出てくるんですか？

向田　ごくでもないですけど、そんなに無理なく出てきますよ。ちょっと一杯ビールを飲んで、ふざけて笑ったり、お喋りしたり、の延長線上という感じで。

ハンソン　そうでしょうね。見てて、向田さん、きっとクスクス笑いながら脚本書いてるんじゃないかと思ってた。

向田　でも最初の六、七本はとっても大変でした。それはどの番組でも同じなんですけど、たとえば登場人物が五人家族だとすると、私は六人目の家族じゃないといけないんですよね。つまり、お父さんにもなるし、お母さんにもなる、子どもにもならなきゃいけない。そうなれるまで時間がかかるんです。

初めは、なかなかセリフが浮かんでこないでしょう。そういうときは、夜中に「火事だァーッ」という声が聞こえたと考えるんですよ、仮にね。

ハンソン　はい。

向田　その五人家族のうち、誰がまっ先に起きてきて、何ていうかしらとちょっと考えてみるんです。

ハンソン　一人ひとりのキャラクターをそこまで考えて作るわけですね。

向田　そうですね。画面には関係なくても「この人の出身校は――早稲田」「寝るときは――パジャマ」と、頭の中で自問してパッと言葉が出るときは、その人物をちゃんと捉えているとき。「早稲田かな、慶応かな」と迷ってるうちは、ドラマはうまくいかないですね。

ハンソン　実は早稲田の中退だったりとか……(笑)。

向田　それは応援団に入っていて、キャプテンを殴ったからだ――と、冗談にでもパッとこう出てくれば、いいんですけど(笑)。

ハンソン　なるほど。向田邦子って本名ね。ペンネームは使ったことないの？

向田　ラジオの仕事をしてたとき、まだ他に書かないかという話があって、でも向田が何本も並ぶと恰好が悪いから、別の名前をと言われたんです。それでつけたのが矢田洋子。ヤダヨーって。

ハンソン　ハハハハ。

向田　もう一本は黒田輝子っていうんです。私、しじゅうスキーに行ってたからまっ黒け。それで滑っても絶対ころばない、ピュッピュッ曲がるんで「あいつがお嫁にいけないのは、実は尻っぽがあって、その尻っぽでビーバーみたいに調節してるんだ」(笑)。だから尻っぽの黒ちゃんといわれてたんです。尻っぽはテールでしょう。

ハンソン　それで黒田テール子か(笑)。

向田　あるとき「女は結婚すると、サンダルをパカパカいわして子どもをしょって、マーケットへたらこを買いに行く」なんて書いたら、サンダルのイメージを損なうって、大日本サンダル協会から文句を言いにきたんですね（笑）。矢田洋子を出してくれっていうんで、私、謝ろうかといったんですが、一人の作家に三本も書かしてると判ったら困るから、出ないでくれと局はいうんです。「じゃ、向田邦子としてその脇を通ってもいい？」と聞いたら、それはいいっていうから、ネズミ色の服を着たオッツァンが五人くらいで、局の人を締め上げてる脇を、わざとサンダルをパカパカいわせて通ったわけです。全然気がつかなかったみたいだけど（笑）。

小説を書いて九カ月〝月足らず〟で受賞

ハンソン　ハハハ。小説のほうは、書き始めて、そんなにならないでしょう？

向田　九カ月じゃないかしら。だから〝月足らず〟だといってるの（笑）。生まれるのが早すぎちゃった。

ハンソン　生まれる前に直木賞もらって、相当信頼あるのね（笑）。

向田　私、小説はまだ新米でしょう。最初はテレビ用の三百字の原稿用紙で書いてたんです。ところが眠くなると、書いててテレビになっちゃう。これはいけないと思って四百字の原稿用紙を作って、これは小説だぞ、テレビじゃないぞ、と言いきかすんですけど、それでも眠くなると、「ハンソン『バカッ』」なんて書いちゃうわけね。

ハンソン　ハハハ、テレビの台本になっちゃうのね。

向田　だから「小説新潮」に書くときは「小説新潮」を一冊、目の前に置いて、「これを書いてんだぞ、これだぞ」って暗示にかけるの。それでも書いてるうちに「いけない、セットが多すぎた」とか、夜、主人公が街を歩いてる場面を書くと「あ、夜間ロケになるな」とか、「スケジュール大丈夫かしら」って頭のどこか隅で思ってますよ（笑）。いまやっとそれがなくなりましたね。

ハンソン　そう？　前に随筆を書きだしたときも、違和感があった？

向田　随筆も最初ヘンテコリンだったんでしょうけど、こちらは四年になりますから、もうその時の感じ忘れましたね。

ハンソン　あれは、病気してたときでしたね。

向田　そうですね。病気でちょっとテレビを休みましたんでね。ひとが勧めて下さったから……。

ハンソン　それで今度、小説を書くようになったのも、編集者に勧められたからとかいうんでしょう？　何か全部ひとに勧められたからって感じね。

向田　ほんと、そうなの。私は自分から進んで、これをやろうってことないですね。ものぐさだから。ボンヤリしてると、誰かが背中を押してくれる。

ハンソン　ああ、あたしもいっしょやわ。あれこれしようと計画をたてて、こうなったわけじゃないのね。

向田　わたくし飽きっぽいんです。よく下駄を作って五十年という人のほうが、あんたよか偉いよって、いわれる。でも一言もないんですよ。ほんとにそうだなと思うんですけど、何といわれたって飽きちゃうんだからしょうがないんですよね（笑）。飽きてつまんなそうな顔して、キョロキョロよそ見してると、見るに見かねて「こういうことでもやってみないか」っていう人が出てくるんですよ、何となく、不思議に。

ハンソン　そうなの。それで、あ、そういうこともあんのか、なるほどなァ、じゃやってみようかなァと思うわけね。

向田　ハンソンさん、あみだクジってご存じ？

ハンソン　そうそう、あれよ（笑）。

向田　何となくダラダラ行くと道が分れていて、面倒臭いけど、とりあえずこっちへ行こうと思うでしょう。先へいくと道がまた分れていて、どっちへ行くかは、そのときの気分次第ですね。

ハンソン　だから、計画性をもって生きてる人って、ちょっとピンとこないよね。

向田　私、子どものころになりたかったのは巫女さん。緋の袴はいて、ゆっくり歩いて、きれいに見えたんじゃないですか。

ハンソン　また背景がいいよ。巫女さんは。

向田　そうそう。あと、本屋さんのお嫁さんになりたいと思ったらしいの。夜ちょっと本を読めるんじゃないかと思って、タダで（笑）。

ハンソン　ハハハ。

向田　ちゃんと汚さないで、返しておけばね。だから、ものを食べながら読んではいけないなと思ったの。お醤油がはねたり、パンくずがこぼれたりするといけないから。

ハンソン　しかし細かァいところまで一応考えるのねぇ。まめだなァ。

向田　もともと、書こうなんてまったく思ってもいませんでした、随筆も小説も。

ハンソン　どうして？

向田　字を書くのがとっても嫌いですね。ものすごく下手なんですよ、女のくせに。

ハンソン　女のくせにって、女だから、字がきれいでなきゃいけないということはないよ。

向田　私は、自分で汚ない字を書いてるくせに、汚ない字を書く女は嫌いですよ。

ハンソン　ずいぶん勝手なのね（笑）。

向田　勝手。女の人がメモなんか汚ない字で書くと、この人は何だろうと思いますよ。自分が汚ないから、余計いや。

ハンソン　あ、そう……。

向田　男の人は字が汚なくてもいいの、男が、小さな字でペン習字みたいにきれいな字書くの、気持が悪い。

ハンソン　あ、それはいやね。労働省のお役人みたいで（笑）。

向田　私は何にでも一生懸命になれないところがあるんです。子どものときから、父の転勤で、とっても引っ越しが多かったんですよね。十一回ぐらい引っ越してるわけ。小学校だけで四回。

ハンソン　それも私といっしょや。

向田　そうすると、会ってもすぐ別れなければいけないという気持がどこかにあるわけです。新しい学校へ行って「東京からきた向田さんです」「礼ッ」というとみんなおじぎするでしょう。おじぎしながら「この学校も卒業できないわ」って。

ハンソン　ああ、その感じわかる。

向田　家を出るとき、父が教えてくれるわけ。最初のおじぎが大事だ、「礼ッ」といわれて、みんなが頭下げたのを見てから、ちょっと下げれば、おまえ、いじめられないぞって。そうしようと思うんだけど、その場になって「礼ッ」ってきくと、自分から先におじぎしちゃうの。

ハンソン　ハハハ。お父さんがそんなことを教えてくれたの。

向田　そう。自分も新任の支店長として古ダヌキのいるところへ乗りこむわけでしょう。だから、私に言ってるんじゃなくて、自分に言ってるんですね。それは大人になって判りましたよ。

　でも私、とけこむのはうまくて、転校した日に誰かの家へ遊びに行ったりしてた。ドキドキもするけれど、とっても楽しいの。「ここではこんな言葉使ってるわ、面白いなァ」って。

　その感じが、現在も職業を変えるときと似てますね。だから、小説を書き始めて、いまは「これが向田さんです」「礼ッ」っていう感じよ（笑）。

ひるむところがないから
美男子はきらい

ハンソン　ハハハ。じゃ、やっぱりいまは小説が一番魅力あるのかな？

向田　よく判らないんですよ。またちゃんと考えてないし。私は十年単位で職業変えてますからね。二十代が映画雑誌の編集で、三十代がラジオと週刊誌のライターをちょっとやって、四十代がテレビでしょう。五十代はこれから始まるわけですけれど……。もちろんこれからも、比率は変るでしょうけれど、テレビの仕事は続けていきますし。

ハンソン　じゃあ、六十代からは何をするの？

向田　後妻に行くとか……（笑）。

ハンソン　ああ、そのへんがあるのね。

向田　残ってるんですよ、ちゃーんと、一ついいのが（笑）。

ハンソン　ほんとだ、わざと残してる

わけ？（笑）

向田　わざとじゃないですよ。心ならずも。売れないから（笑）。

ハンソン　売れないいんじゃなくて、向田さんの条件がうるさすぎるんじゃないかな？

向田　そんなことないですよ。

ハンソン　でも誰でもいいってわけじゃないでしょう？

向田　それはネコだってやっぱり選ぶもの（笑）。陰気でずるいネコはいや、ドダッとしてるほうがいいとか……。

ハンソン　どこかで美男子は嫌いだと言ってたでしょ。どうして？

向田　うーん、何ででしょうねぇ……。美男に生まれついた人は、私なんかと違った部分があるんじゃないかと思ってるみたいね。ああいう服を着たいと思うけど、おれに似合わないんじゃないかと、ちょっとひるんだり、引けめを感じたりする人のほうが、私は好きなんだと思うの。

ハンソン　でも、どっちかというと、ひるまない男の人って少数で、むしろいつもひるんだりしてる男の方が多いんじゃない。

向田　多いですよね。

ハンソン　やっぱり、思うようにひるんでくれないといけないのかな（笑）。

向田　そうそう（笑）。ここでひるまないで、よくこんな大声を出せるわ、と思ったりするわけですね。

たとえば、一緒にごはんを食べにいって、注文と違うものをもってくると返す人がいるじゃないですか。そういう人はつきあいたくないの。親の遺言で食べちゃいけないってわけではあるまいし、天津メンだろうとチャーシューメンだろうと、何食べてもいいじゃないかと思うわけ。

ハンソン　そりゃそうよ（笑）。

向田　むこうが平気な顔してるんなら、私だってつっ返すかもしれないけれど、それが雨の日なんかで、相手も「すみません」と謝ってるんなら「いいよ」って食べてやればいいじゃないかと思うんですね。一回ぐらい何たべたって死ぬわけじゃなし（笑）。

ハンソン　つまりひるみ方のバランスとタイミングがむつかしいんだね。そりゃ、なかなか、ねぇ……七十にならなきゃ後妻に行けないんじゃない（笑）。

向田　こまるなァ、残酷だなァ（笑）。

ハンソン　でも向田さんなら、すごくかわいい奥さんになるんじゃないかな。

［私の印象を一言二言］

こんなさりげない人に会ったのは初めてだ。ここまで徹していると「さりげなさの哲学」または「さりげなさの美学」といったテーマで本ができそうな気がするし、そんなところが向田さんの最大の魅力である。もっとも彼女自身のことを肴にして楽しく笑っていると、何でもさらけだして話してくれる人だナと錯覚をおこしてしまうが、あとで、彼女の見せたい部分しか見せてもらえなかった事実に気がついて、はじめて「あ、やられた」と冑を脱ぐことになるのだ。しかし、その自己防衛のテクニックは気持のいいもので、話をしたあと味のよさは、文章と同様、バツグンのできなのである。

〔イーデス・ハンソン〕

（「週刊文春」1980・8・7号）

本棚II

食いしん坊蔵書

――向田邦子が選んだ食の本

「向田邦子が選んだ食いしん坊に贈る一〇〇冊の本」をはじめ、とっておきの食いしん坊蔵書。

写真提供＝文藝春秋

食いしん坊に贈る一〇〇冊の本

向田邦子からのメッセージ

たまたま本の中においしそうな料理の調理法が載っていると、原稿の〆切を知らせる門番をよそに近くのスーパーへひと走り。台所に立ち、さあおいしくできたとなると、知りあいの女優さんに電話をかけ、その家へ出前のためにひと走り。もともと食い意地がはった食いしん坊。おいしいおいしいとよく食べるものだから人さまの食事の招きにあずかったり、反対にこのようにすぐつくってもてなしたり。おいしいものの話がわたしの著作四冊にはすべて出てくる。この一〇〇冊を選ぶときに、若い頃にむさぼり読んだ全集――『坊ちゃん』『雁』『芋粥』から海外のミステリー小説からも何冊か入れてみた。食事の風景、食べものの記述が随所に出てくるからである。

さて、どんな一風変わった食べものが、どんな料理が登場するかは読者が想像しつつ、楽しみながらさぐっていただきたい。おいしいものをみつけ出す喜びは遠く離島の宝捜しをする喜びにも似ていると思うからである。

（「書店・話の特集」1981・2）

実践女子大学図書館 向田邦子文庫で「向田邦子が選んだ食いしん坊に贈る一〇〇冊の本」というチラシを見つけた。これは雑誌『話の特集』が、一九八一年二月一日から二十八日まで、西武渋谷店B館地下一階にあった書籍売場で行った催しのためのものである。

この催しは「書店・話の特集（店長 永六輔）」と題するもので、毎月、文化人が選んだ一〇〇冊が展示されていた。

二月の「向田邦子が選んだ食いしん坊に贈る一〇〇冊の本」は、手料理の味と人生の味とはどこか通じるものがあるという視点から、「食文化」にスポットを当てて選んだものだ。店頭では、演出家の鴨下信一氏と向田、『話の特集』編集長の矢崎泰久氏と向田の顔合わせによる対談も行われた。

このチラシを手がかりに一〇〇冊の内容を紹介する。

向田邦子が選んだ食いしん坊に贈る100冊の本

書店・話の特集

①おそうざい十二ヶ月（暮しの手帖社）小島信平著
②おそうざいふう外国料理（暮しの手帖社）
常原久彌・村上信夫・戦美樸著
③からだの読本①巻（暮しの手帖社）
西山俊次・小林太刀夫・高橋忠雄監修
④あさめしひるめしばんめし（みき書房）季刊
⑤美食三昧・ロートレックの料理書
（座右宝刊行会）ロートレック
⑥パリレストラン案内（白水社）佐原秋生
⑦フランスレストラン紀行（〃）佐原秋生
⑧東京いい店うまい店（文藝春秋）
⑨新洋酒天国（〃）佐治敬三
⑩男のだいどこ（〃）荻昌弘
⑪檀流クッキング（中央公論社）檀一雄
⑫檀流クッキング入門日記（文化出版局）檀晴子
⑬口八丁手庖丁（作品社）金子信雄
⑭ひとり暮し料理の技術（野草社）津村喬
⑮私のおもてなし料理
（文化出版局）ホルトハウス房子
⑯おかず咄（集英社）牧羊子
⑰江戸たべもの歳時記（中央公論社）浜田義一郎
⑱食味歳時記（文藝春秋）獅子文六
⑲御馳走帖（中央公論社）内田百閒
⑳私の食物誌（ゆまにて出版）池田弥三郎
㉑料理上手で食べ上手（新潮社）森須滋郎
㉒食通知ったかぶり（文藝春秋）丸谷才一
㉓食は広州に在り（中央公論社）邱永漢
㉔象牙の箸（〃）邱永漢
㉕酒呑みのまよい箸（文化出版局）浅野陽
㉖美味礼讃（岩波書店）ブリア・サヴァラン
㉗味覚幻想（牧神社）日影丈吉
㉘おばんざい・京の台所歳時記
（現代企画室）大村しげ他共著
㉙しあわせな食卓（北洋社）増田れい子
㉚すてきなあなたに（暮しの手帖社）大橋鎮子
㉛蝶ネクタイとオムレツ（文化出版局）高橋義孝
㉜おばあさんの知恵袋（〃）桑井いね
㉝おばあさんの引出し（文藝春秋）佐橋慶女
㉞娘につたえる私の味（婦人之友社）辰己浜子
㉟私の浅草（暮しの手帖社）沢村貞子
㊱女たちよ！（文藝春秋）伊丹十三
㊲ヨーロッパ退屈日記（〃）伊丹十三
㊳ショージ君の満腹カタログ（〃）東海林さだお
㊴食生活を探険する（〃）石毛直道
㊵食卓の文化誌（〃）石毛直道
㊶野生の食卓（文化出版局）甘糟幸子
㊷戦争中の暮しの記録（暮しの手帖社）
暮しの手帖編
㊸釣りの科学（岩波書店）檜山義夫
㊹聡明な女は料理がうまい
（主婦と生活社）桐島洋子
㊺パリの屋根の下オムレツのにおいは流れる
（暮しの手帖社）石井好子
㊻美食文学大全（新潮社）篠田一士編
㊼吾輩は猫である（新潮社）夏目漱石
㊽坊っちゃん（〃）夏目漱石
㊾雁（〃）森鷗外
㊿芋粥（〃）芥川龍之介

(51)津軽（新潮社）太宰治
(52)暗夜行路（〃）志賀直哉
(53)井伏鱒二集（〃）井伏鱒二
(54)夫婦善哉（〃）織田作之助
(55)火宅の人（〃）檀一雄
(56)幼年時代（〃）立原正秋
(57)流れる（〃）幸田文
(58)野火（〃）大岡昇平
(59)如何なる星の下に（〃）高見順
(60)アメリカひじき・火垂るの墓（〃）野坂昭如
(61)夕ごはんたべた？（〃）田辺聖子
(62)快楽その日その日（〃）安岡章太郎
(63)酒呑みの自己弁護（〃）山口瞳
(64)迷惑旅行（〃）山口瞳
(65)贋食物誌（〃）吉行淳之介
(66)食卓の情景（〃）池波正太郎
(67)鬼平犯科帳（文藝春秋）池波正太郎
(68)諫早菖蒲日記（〃）野呂邦暢
(69)孔雀の舌（〃）開高健
(70)最後の晩餐（〃）開高健
(71)ロマネ・コンティ・一九三五（〃）開高健
(72)ドジリーヌ姫の優雅な冒険（〃）小林信彦
(73)贅沢貧乏（新潮社）森茉莉
(74)陰翳礼讃（中央公論社）谷崎潤一郎
(75)楢山節考（〃）深沢七郎
(76)犬が星見た（〃）武田百合子
(77)断腸亭日乗（岩波書店）永井荷風
(78)蕪村七部集（〃）与謝蕪村
(79)京まんだら（講談社）瀬戸内晴美
(80)寺泊（筑摩書房）水上勉
(81)土を喰ふ日々（文化出版局）水上勉
(82)黒い御飯（筑摩現代文学大系56）永井龍男
(83)味覚極楽（新評社）子母沢寛
(84)右門捕物帖（春陽堂書店）佐々木味津三
(85)饗宴（KKロングセラーズ）吉田健一
(86)移動祝祭日（三笠書房）A・ヘミングウェイ
(87)ロビンソン漂流記（新潮社）デフォー
(88)ママと星条旗とアップルパイ
（集英社）R・ベーカー
(89)特別料理・異色作家短編集②
（早川書房）S・エリン
(90)料理長殿、ご用心（角川書店）
ナン&アイヴァン・ライアンズ
(91)料理人（早川書房）H・クレッシング
(92)門番の飼猫（〃）E・S・ガードナー
(93)リヴァーサイドの殺人（〃）K・エイミス
(94)バートラム・ホテルにて
（〃）A・クリスティー
(95)サタデー・ゲーム（〃）B・メッグス
(96)カジノ・ロワイヤル
（東京創元社）K・エイミス
(97)父の詫び状（文藝春秋）向田邦子
(98)眠る盃（講談社）向田邦子
(99)無名仮名人名簿（文藝春秋）向田邦子
(100)思い出トランプ（新潮社）向田邦子
※多少入手困難なものも含みます。

西武渋谷店B館地下1階(462)0111　内線3304　話の特集編集室 (405)0810

食いしん坊に贈る一〇〇冊の本

「向田邦子が選んだ食いしん坊に贈る一〇〇冊の本」のリストを元に、実践女子大学図書館 向田邦子文庫に所蔵されていた本に加えて編集部で集め、紹介文などを付けた。向田がエッセイや対談で触れているものに関しては、該当箇所を一部抜き出した。書影についてはリストの単行本が手に入らないものは文庫版を掲載した。出版年は初版年を記している。

1

『おそうざい十二カ月』
小島信平・暮しの手帖編集部
暮しの手帖社　初版一九六九年

食べたいのは代々伝えられたおかず。「暮しの手帖」に一九五六年十二月から六十六年九月まで連載された中から二〇一種の惣菜を選び四季ごとに紹介。調理指導は吉兆で修行をした小島信平。

2

『おそうざいふう外国料理』
暮しの手帖編集部
暮しの手帖社　初版一九七二年

発売は、まだホテルや専門店でしか外国料理を食べられなかった時代。外国料理のレシピは、帝国ホテルの村上信夫と大阪ロイヤルホテルの常原久彌、中国料理は、王府の戦美樸が担当した。

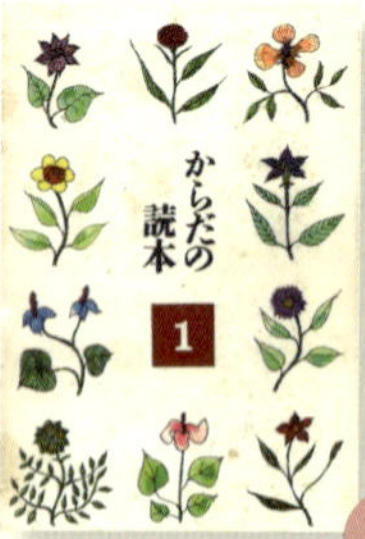

3

『からだの読本 I』
石山俊次・小林太刀夫・高橋忠雄監修
暮しの手帖社　初版一九七〇年

胃、心臓、肺など体を構成する臓器それぞれの働きと、臓器ごとの病気について名医に質問するかたちでわかりやすく案内された本。「暮しの手帖」に長く連載された内容を書き直して発刊した。

4

季刊くいしん坊の雑誌
「食食食（あさめし ひるめし ばんめし）」
みき書房　創刊一九七四年

日本近代文学の研究で知られる文芸評論家・大河内昭爾主宰の、食と文学を結びつけた文芸誌。鹿児島出身の大河内と向田は、同誌上で対談を行い、「私のマドレーヌは薩摩揚げ」として発表された。

5

『美食三昧』
トゥールーズ＝ロートレック／モーリス・ジョアイヤン
座右宝刊行会　初版一九七四年

夭折したロートレックは、美食家にして大食漢。料理の腕も確かだった。料理は芸術だと考えていた彼のレシピ約四〇〇点を親友が一冊の本にまとめた。挿絵による彩りも美しい。

6

『パリ レストラン案内』
佐原秋生
白水社　初版一九八〇年

筆者は、日本航空勤務時代に海外で日航系ホテルなどを経営。パリ滞在中に五〇〇軒以上のレストランを食べ歩き、ガストロノミ評論でフランス政府から農事功労賞を受賞した筆者が独断でパリ二五〇軒を格付け。

7

『フランス レストラン紀行』
佐原秋生
白水社　初版一九七九年

料理評論家である筆者のデビュー作。紹介したレストランで食べた料理の評価、サービスなどを洒脱な筆さばきが心地よく、巻末にはフランスのレストラン三〇〇選の評価を四段階評価でしている。

8

『東京いい店うまい店 '79〜'80年版』
文藝春秋編
文藝春秋　創刊一九六七年

日本人が外食に興味を持ち始めた一九六七年に創刊したグルメ本の走り。当初から執筆人の顔を明かさない匿名取材をウリにしてきた。二年に一度改定されてランキングが変わり、最新トレンドが紹介される。

9

『新洋酒天国』
佐治敬三
文藝春秋　初版一九七五年

筆者はサントリー二代目社長。ワイン、シェリーとポート、テキラとラム、紹興酒、ビール、バーボン……銘酒を産んだ国々を訪ね、美酒と美食を味わいながら歴史と風土を探るグルメ紀行。

10

『男のだいどこ』
荻昌弘
文藝春秋　初版一九七二年

筆者は一九六九年から十九年間、「月曜ロードショー」（TBS系列）の解説をした映画評論家。厨房に入ることに病みつきになり、調理に四苦八苦する自分をユーモラスに語り、食べることの本質に斬り込む。

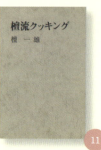

11

『檀流クッキング』
檀一雄
サンケイ新聞社出版局　初版一九七〇年

著者は戦後無頼派作家。家では朝から料理をし、旅には包丁とまな板を持参した。本書で紹介する料理のレパートリーを見ると、日本料理から中華料理、ロシア料理、スペイン料理まで幅広い。

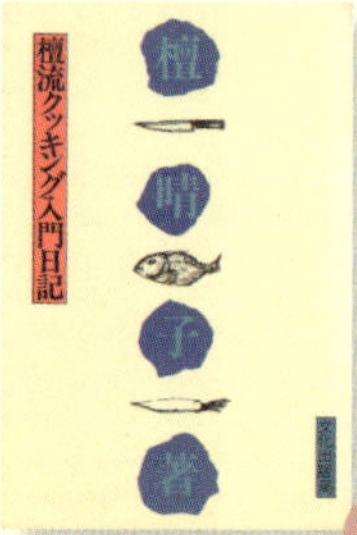

12

『檀流クッキング入門日記』
檀晴子
文化出版局　初版一九七八年

檀一雄の長男と結婚し、離れに暮らし始めた筆者は、檀家の料理中心主義の渦に巻き込まれ、檀の横でネギを刻んだりしているうちに料理をし、食べることをとことん楽しむ家風に馴染んでいく。

13

『新・口八丁手庖丁』
金子信雄
作品社　初版一九八〇年

クセのある悪役で知られた筆者は、テレビで料理番組を持つほどの料理上手だった。この本を読めば、一緒に市場を歩き、酒を飲みながら調理し、時には料理屋のカウンターで並んで飲み食いしている気になる。

14

『ひとり暮らし料理の技術』
津村喬
野草社　初版一九八〇年

評論家、気功師である筆者は、一九七〇年代から生態系に根ざした生き方を提唱してきた。同書では「食べるという行為は、外部の自然を内部の自然に取り入れることだ」と書き、食の自主管理の技術を伝えている。

15

『私のおもてなし料理』
ホルトハウス房子
文化出版局　初版一九七二年

一九五〇年代後半からアメリカやアジア各国での生活を体験し、日本の食卓に初めて西洋料理の真髄を伝えた筆者による初の料理本。クリスマスをはじめ季節ごとのおもてなしのシーンに合わせた料理を提案。

16

『おかず咄』
牧羊子
文化出版局　初版一九七二年

作家・開高健夫人で詩人でもある筆者の食にまつわるエッセイ代表作。季節や地域にまつわる楽しいおかず咄には、研ぎ澄まされた感受性がにじみでる。巻末には開高との対談を収録。装丁は娘の開高道子。

17

『江戸たべもの歳時記』
浜田義一郎
中公文庫　単行本初版一九七七年

狂歌・川柳研究の第一人者である筆者は、生粋の江戸っ子でもある。江戸っ子の初もの好き、命がけのふぐ料理など、江戸の文学に登場する四季折々のたべものの歴史をたどり、江戸の食生活をおもしろく語る。

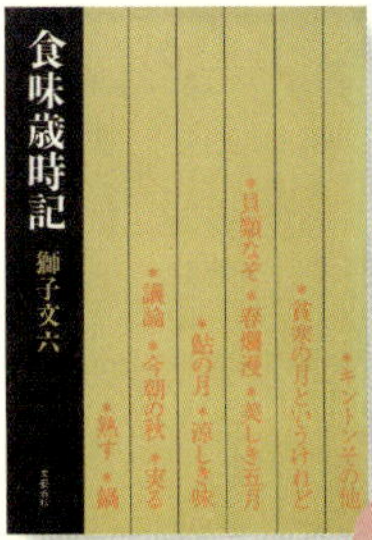

18

『食味歳時記』
獅子文六
文藝春秋　初版一九六八年

明治生まれの文士である筆者が今再び注目されており、同書も二〇一六年に中公文庫で復刊された。明治の横浜に生まれてからの美味遍歴にはじまり、フランス留学で磨きをかけた感性で旬の味覚を率直に語る。

19

『御馳走帖』
内田百閒
中公文庫　初版一九九六年

英字ビスケットは形によって口のなかでもそもそすると語ったり、カレーライスを食べて帰りの電車賃がなくなったと話したり。時に文句を言い、時に仲間と楽しみながら、自分なりの御馳走を書いた百閒先生の名著。

20

『私の食物誌』
池田弥三郎
新潮文庫　初版一九八〇年

国文学者である筆者は、銀座の老舗天麩羅屋に生まれた江戸っ子。一九六〇年代に東京新聞に長く連載された人気コラムで、伝統の味やハイカラな食べ物を言語学的、あるいは民俗学的に洒脱に綴る。

21

『料理上手で食べ上手』
森須滋郎
新潮社　初版一九八一年

著者は、上質な料理雑誌として評価される『四季の味』の初代編集長。食いしん坊のための雑誌を編集しながら探し当てた本当にうまい味や、料理上手の編集長の料理のコツなどを明快にして心に残る文章で紹介。

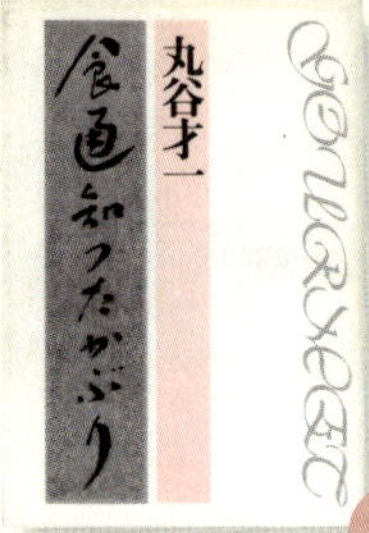

22

『食通知ったかぶり』
丸谷才一
文藝春秋　初版は一九七五年

「神戸の街で和漢洋食」から「春の築地の焼鳥丼」まで、各地のおいしい店、食べ物について独自の視点でとらえ、ウィットとユーモアに富んだ文章で綴り、食を文学にした一冊。

23

『食は広州に在り』

邱永漢

中公文庫　初版一九五七年

一九五七年に出版され、作家・丸谷才一の推奨によってこの本は戦後を代表する食の名著として多くの人に読まれることになった。『象牙の箸』『食前食後』とあわせて著者の食に関する三部作。

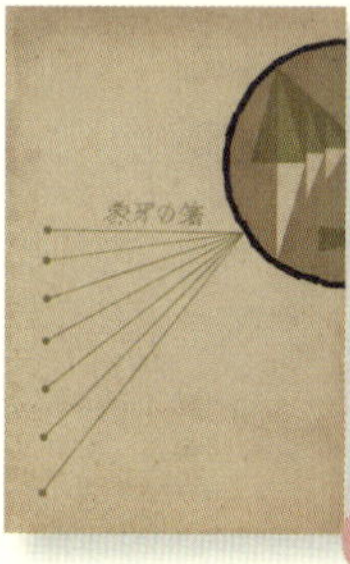

24

『象牙の箸』

邱永漢

中央公論社　初版一九六〇年

筆者は、Qブックス版『象牙の箸』あとがきにおいて、「向田邦子さんが我が家へ食事にこられた時、「私は『象牙の箸』の愛読者で、文章を丸暗記していますよ」と言われた」と書いている。

25

『酒呑みのまよい箸』

浅野陽

文化出版局　初版一九七九年

〈浅野氏のつくり方は、塩味をつけた卵を、支那鍋で、胡麻油を使って、ごく大きめの中華風のいり卵にするのである。これがおいしい。これだけで、酒のつまみになる〉「食らわんか」（『夜中の薔薇』）

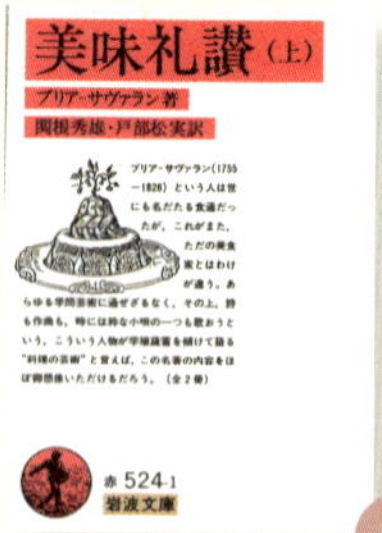

26

『美味礼讃　上・下』

ブリア・サヴァラン

岩波文庫　初版一八二五年

〈「なにを食べたかいってごらん。あなたという人間を当ててみせよう」といったのは、たしかブリア・サヴァランだったと思うが、子供時代にどんなお八つを食べたか、それはその人間の精神と無縁ではない〉「お八つの時間」（『父の詫び状』）

27

『味覚幻想』

日影丈吉

牧神社出版　初版一九七四年

幻想ミステリー作家である筆者は、戦前戦後にわたりフランス語やフランス料理の知識を伝える講師を務めて多くの調理人を育てた。そのキャリアを生かしてミステリーと料理にまつわる話題をまとめたのが本書。

28

『おばんざい　京の台所歳時記』

秋山十三子・大村しげ・平山千鶴

現代企画室　初版一九七七年

京都の商家に生まれ生涯をかけて京都の料理や暮らしを伝えた大村しげをはじめ、一九六〇年代に朝日新聞京都版で共同連載を続けた三人の京女による、本物の京言葉で綴られた四季のおばんざいと暮らしぶり。

29

『しあわせな食卓』

増田れい子

北洋社　初版一九七八年

ジャーナリスト、エッセイストとして活躍した著者が、淡谷のり子や花森安治といった著名人の「おいしい」を尋ねてまとめたもの。「おいしい」をとおしてそれぞれの人柄や生活意識がじんわり伝わってくる。

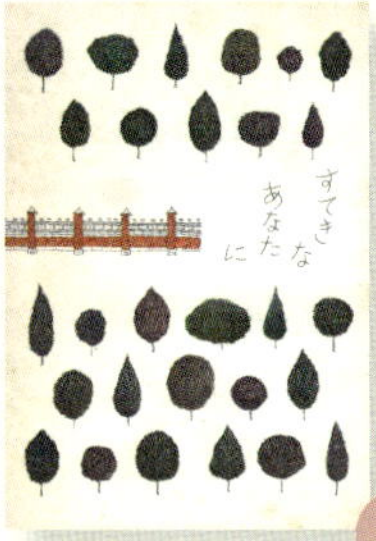

30

『すてきなあなたに』

大橋鎮子

暮しの手帖社　初版一九七五年

暮しの手帖社社主で編集者の筆者が、一九六九年から連載を続けた人気エッセイ。日常ですてきだと思ったこと、アイデアなど、メモに書き留めたものを綴っている。本書は七四年までの連載をまとめている。

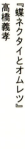

31

『蝶ネクタイとオムレツ』

高橋義孝

文化出版局　初版一九七八年

一九一三年生まれの筆者は、ドイツ文学者であり、趣味人として知られる随筆家。内田百閒を師に、山口瞳を弟子に持つ。本書では「オムレツ作り」「盃をめぐって」など食物や酒の随筆十三篇も収録されている。

32

『おばあさんの知恵袋』

桑井いね

文化出版局　初版一九七六年

家事評論家の西川勢津子が「桑井いね」というペンネームで出した本。大正から昭和初期にかけての生活の知恵、季節ごとの暮しぶりが書かれている。二〇〇八年に文化出版局より復刊されている。

33

『おばあさんの引出し』

佐橋慶女

文藝春秋　初版一九七八年

新聞記者、日本初の女性だけの会社設立、生活文化伝承、在家得度など、多方面で活躍した筆者による三冊目の著書。日本各地のおばあさんから聞いた生活の知恵を十二ヶ月に分類して紹介。

34

『娘につたえる私の味』

辰巳浜子

婦人之友社　初版一九六九年

「食べものはその人の手で作られ、人の手はその人の心につづいています」という言葉で家庭料理を支えた筆者による名著『手しおにかけた私の料理』の続編。お節料理から、味噌漬け、茶の間のお菓子まで紹介。

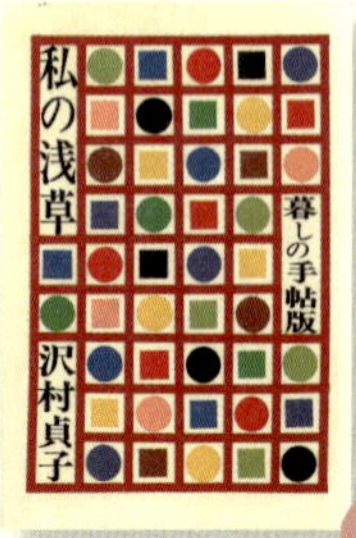

35

『私の浅草』
沢村貞子
暮しの手帖社　初版一九七六年
名脇役として活躍した女優・沢村貞子の二冊目のエッセイ。娘時代に家族や友だちと食べた味噌汁、鰹、バナナ、駄菓子などのある情景をとおして、大正から昭和はじめの浅草の暮らしがいきいきと語られている。

36

『女たちよ！』
伊丹十三
文藝春秋　初版一九六八年
俳優、デザイナー、エッセイスト、映画監督などさまざまな肩書きを持つ筆者の第二作目のエッセイ集。洒脱で蘊蓄もユーモアもある語口で、食べ物、ファッション、音楽、女性論や恋愛を綴った。

37

『ヨーロッパ退屈日記』
伊丹十三
文藝春秋　初版一九六五年
筆者の処女作。ヨーロッパ滞在中に見聞した日常の断片を日本文化と比較してシニカルに綴る。アーティチョークの食べ方や、スパゲティのアル・デンテという概念をおそらく日本に初めて紹介。

38

『ショージ君の満腹カタログ』
東海林さだお
文藝春秋　初版一九八〇年
ご存知、東海林さだおは、漫画家であり、ユーモアエッセイの第一人者。漫画家デビューした翌年の一九六八年からイラスト付きエッセイの執筆も開始した。それがショージ君シリーズで、本書は十作目にあたる。

39

『食生活を探検する』
石毛直道
文藝春秋　初版一九六九年
日本を代表する文化人類学者による初の著書。太平洋の島々などで数多くのフィールドワークを行うなか、筆者は現地の珍しい食べ物を実際に口に入れて食べた。その体験が綴られている。

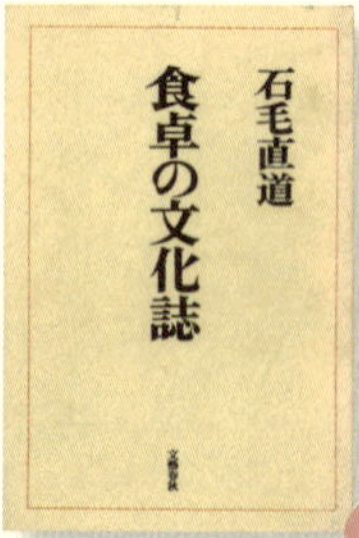

40

『食卓の文化誌』
石毛直道
文藝春秋　初版一九七六年
調査で訪れた世界の調理道具や食事の道具、調味料、調理法など書いたエッセイ。食いしん坊な筆者の描写により、各地の珍しい料理がおいしそうに感じられる。今も読み継がれるロングセラー。

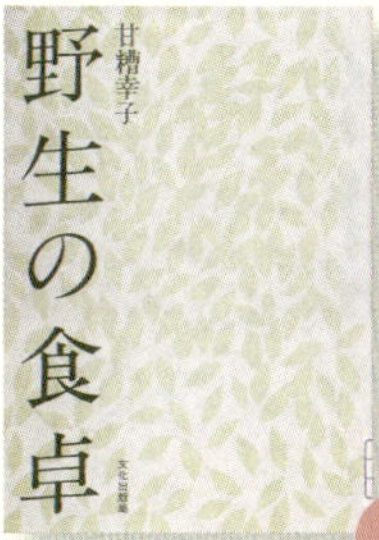

41

『野生の食卓』
甘糟幸子
文化出版局　初版一九七八年

筆者と向田は、一九六〇年代に銀座に事務所をかまえ、フリーライターとして活動していたころからの友人。本書は一九七〇年代の鎌倉での、春から夏にかけての草摘みや、暮らしが綴られている。

42

『戦争中の暮しの記録　保存版』
暮しの手帖編集部
暮しの手帖社　初版一九六八年

敗戦から二十三年、一般の庶民があの戦争の間どう生きたかを残したいと読者から投稿を募集し、一九六八年第九六号をまるまる一冊特集にした。特集は大きな反響を呼び、補訂され翌年単行本として刊行された。

43

『釣りの科学』
檜山義夫
岩波新書　初版一九六九年

筆者は、明治四十二年生まれの水産学者であり趣味の釣り人。初心者や子供向けの魚、釣りの本も多数手がける。本書では、魚の習性や生態を学者と釣り人と両方の立場からわかりやすく解説している。

44

『聡明な女は料理がうまい』
桐島洋子
主婦と生活社　初版一九七六年

ウーマンリブ運動が活発だった一九七〇年代、新しい生き方の手本として注目されていた筆者はこの本で「有能な職業人ほど有能な主婦である。とりわけ料理は創造的な仕事だ」と示し、ベストセラーになった。

45

『巴里の空の下オムレツのにおいは流れる』
石井好子
暮しの手帖社　初版一九六三年

「たべものの随筆を書いてごらん、あなたは食いしん坊だから、きっとおいしそうな文章が書けるよ」と筆者は花森安治に薦められて「暮しの手帖」に書いた連載をまとめた。今も人気のあるロングセラー。

46

『美食文学大全　楽しみと冒険3』
篠田一士編
新潮社　初版一九七九年

『楽しみと冒険』は、地図や酒、スポーツ、旅など一巻ごと主題を設定し、国内外の優れた小説や随筆で構成するアンソロジー集。本書では、美食をテーマにスタインベックや杉浦明平などの名文を集めている。

47

『吾輩は猫である』
夏目漱石
新潮文庫　初版一九六一年

鹿児島に住んでいた小学校五年生の時に家の納戸でこの本を見つけ夢中になったことをエッセイ「一冊の本」に向田は書いている。猫の観察眼をとおしての人間が食べたり、調理したりする姿がユーモラス。

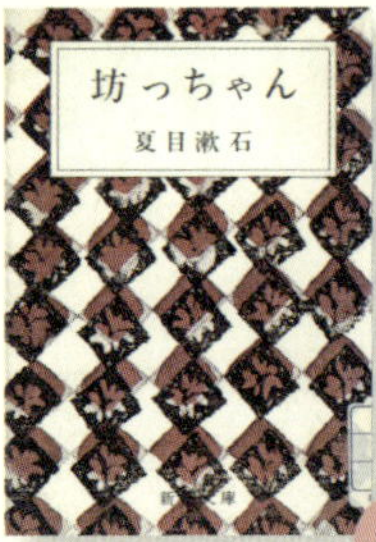

48

『坊っちゃん』
夏目漱石
新潮文庫　初版一九五〇年

〈「坊っちゃん」に夢中になっていた。生まれてはじめて手にとった大人の小説が、肩ひじ張らない自然な語り口で話しかけてくれることが嬉しくてたまらず、親の目を盗んでは読みふけっていた。〉「細い糸」（『夜中の薔薇』）

49

『雁』
森鷗外
新潮文庫　初版一九四八年

明治十三年、東大の医学生と、高利貸しの若き妾が主人公。下宿の夕飯に出た「青魚の味噌煮」が、人生の出会いを変えてしまうことを描く。不忍池で獲った雁を鍋にして食すシーンも登場する。

50

「芋粥」『羅生門・鼻』所収
芥川龍之介
新潮文庫　初版一九六八年

原作『今昔物語集』。関白家に仕える五位の侍ながら風采の上がらない男の夢は、貴族の饗宴に付き物の芋粥を飽くほど食すこと。だが現実に膨大な芋粥をみた途端に食欲が失せ、以前の自分が幸せだったことを知る。

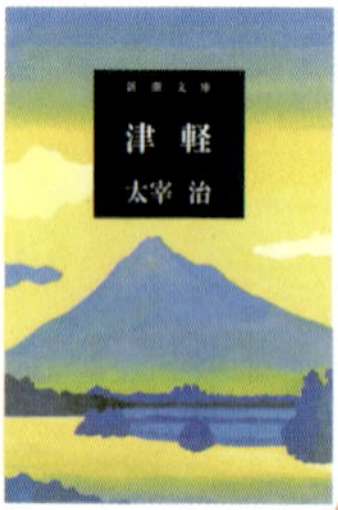

51

『津軽』
太宰治
新潮文庫　初版一九五一年

太宰三十六歳の作品。津軽風土記を書くために青森に帰り、小泊に住む乳母たけを訪問する。アンコーのフライ、ホタテの殻を鍋代わりにつくる卵味噌、リンゴ酒など津軽の郷土料理の描写も魅力。

52

『暗夜行路』
志賀直哉
新潮文庫　初版一九五一年

著者唯一の長編小説。前編の舞台は尾道、後編は主人公が京都へ移ることから始まる。古刹や神社、名所旧跡、博物館、料理店などが描かれ、大正期の京都の面影をたずねるのに絶好のガイド本でもある。

53

『井伏鱒二集』新潮日本文学入門
井伏鱒二
新潮社　初版一九六九年

井伏の代表作「鯉」「山椒魚」「黒い雨」など十八篇を収録。伊豆ワサビ田とそこに生息するイワナのこと、戦中から戦後の食糧難の時代にいかに周囲を気にしながら調理したかなど、人間や自然への観察眼が光る。

54

『夫婦善哉』
織田作之助
新潮文庫　初版一九五〇年

一銭天ぷら屋に生まれた蝶子は芸者になり、馴染みの若旦那・柳吉と共に「出雲屋」のまむし、「たこ梅」のたこ、「自由軒」のライスカレーなどを食べ歩く。さりげなく登場する大正時代の大阪の食事の情景が魅力。

55

『火宅の人』
檀一雄
新潮社　初版一九七五年

家族を愛しながら流浪の暮しをする男の心情を描いた自伝的小説。「少年の時分以来、自分の食べるものは、自分でつくるならわしなのである」という私が食材を調達し、おいしいものをつくるシーンも随所に登場。

56

『幼年時代』
立原正秋
新潮社　初版一九七四年

どじょうを獲り、桑の実をつんだ幼少の一日、父が自裁した。母国、朝鮮の寺で禅の修行をした少年時代を描いた「幼年時代」を含む5短編を収録。生々しい食の描写が死や哀しみを浮き彫りにする。

57

『流れる』
幸田文
新潮社　初版一九五六年

幸田露伴を看取った筆者による、初の小説。自ら柳橋の芸者置屋の女中として働いた体験が元になっている。花街に生きる女たちの、華やかな生活の裏に流れる哀しさやはかなさ、女同士の葛藤などを女中の視点から繊細に描いている。

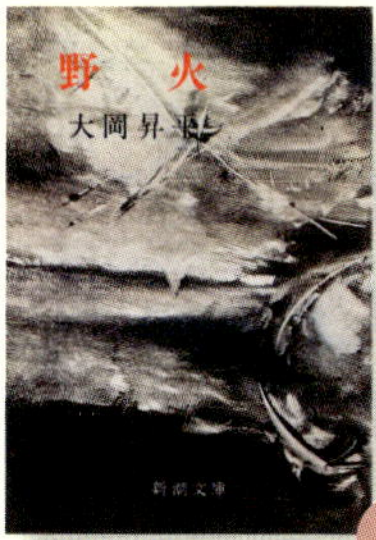

58

『野火』
大岡昇平
新潮文庫　初版一九五四年

戦争の記憶が生々しく残る一九五一年に発表された、フィリピン戦線を題材にした小説。極度の飢えと恐怖で疲弊し、錯乱する兵士が山野をさまよい、人肉を食っても生き延びたい本能の欲求と抵抗を繰り返す。

157

いかとじゃがいものかき揚げ

イカとじゃがいもをいっしょに揚げてみたら、この取り合わせはなかなかでした。揚げすぎると、イカがかたくなるので早目に上げます

材料　イカ　中3ばい、じゃがいも　中2コ、ねぎ　2本、玉子　1コ、油　（4、5人前）

作り方

1　イカはワタをぬき、身をタテに二つに割ってはしから細くきざみます。これに軽く塩をして、ザルにあげて、よく水気を切っておきます。

じゃがいもも、細くきざみます。ねぎは3糎はどにぶつぶつ切り、太かったらタテに割ります。

ボールに、玉子の黄身だけ1コわり入れ、水大サジ4杯と、小麦粉大サジ山4杯を加えてサッとかきまぜ、コロモを作ります。

この中に、イカ、じゃがいも、ねぎをいっしょに入れて、まぶしつけます。かき揚げのコロモはのりの役目をするので、流れるようではゆるすぎます

2　油をたっぷり熱くして揚げます。このときしゃもじにのせて形をととのえてから、油のなかにすべりこませると、形がきれいに揚がります。

かき揚げは、タネが格子のようにならんで間がすいているくらいのが、おいしいのです。

いただくときは、天つゆに、しょうがをまぜたおろしをそえます。また、大根おろしと生じょう油をつけるだけでもいただけます

★天つゆはミリン1、しょう油1、ダシ4の割に合せます。ミリンを煮切り、しょう油を加えて煮立ったところへダシを入れてのばし、いの一番か味の素を入れます

158

椎茸の山かけ

山かけといったらマグロですが、生椎茸を使ってみました。マグロとはまたかわったおいしさで、ちょっぴり倹約になるのがミソです

材料　生椎茸　[illegible]、長いも　4百[illegible]、わさび　少々、玉子の黄身　5コ、レモンか、だいだい、すだち　（5人前）

作り方

1　椎茸は洗ってから石づきをおとして、じくに十文字に切り目を入れます。これをアミで両面よく焼きます。

焼けたら、四つに切ります。小さいのだったら、二つに切ります

2　長いもは、少し厚めに皮をむいて、はしから薄切りにし、庖丁で手早くタテヨコによくよくたたいて、こまかいミジンにします。山のいもを使う時は、おろし金でおろして、すり鉢でよくすります

3　ボールに、おろしたわさび茶サジ山1杯、レモン汁茶サジ1杯、しょう油大サジ3杯にいの一番か味の素を入れて、よくまぜ合せてから、椎茸を入れてあえます。

これをそれぞれの器にもり、上から長いもをこんもりとかけます。この上から玉子の黄身だけをおとします。

いただくときは、みんないっしょにまぜ合せて下さい。焼きのりをもんでかけてもいいものです

215

216

❶ おそざい十二カ月

暮しの手帖社からの新刊はよく買っていたという。「この本のレシピを見て姉が料理をつくったどうかはわかりませんが、私にもプレゼントしてくれました」と妹の和子さん。

暮しの手帖社刊／小島信平＋暮しの手帖編集部

初版一九六九年

かごしま近代文学館所蔵

⑤ 美食三昧　ロートレックの料理書

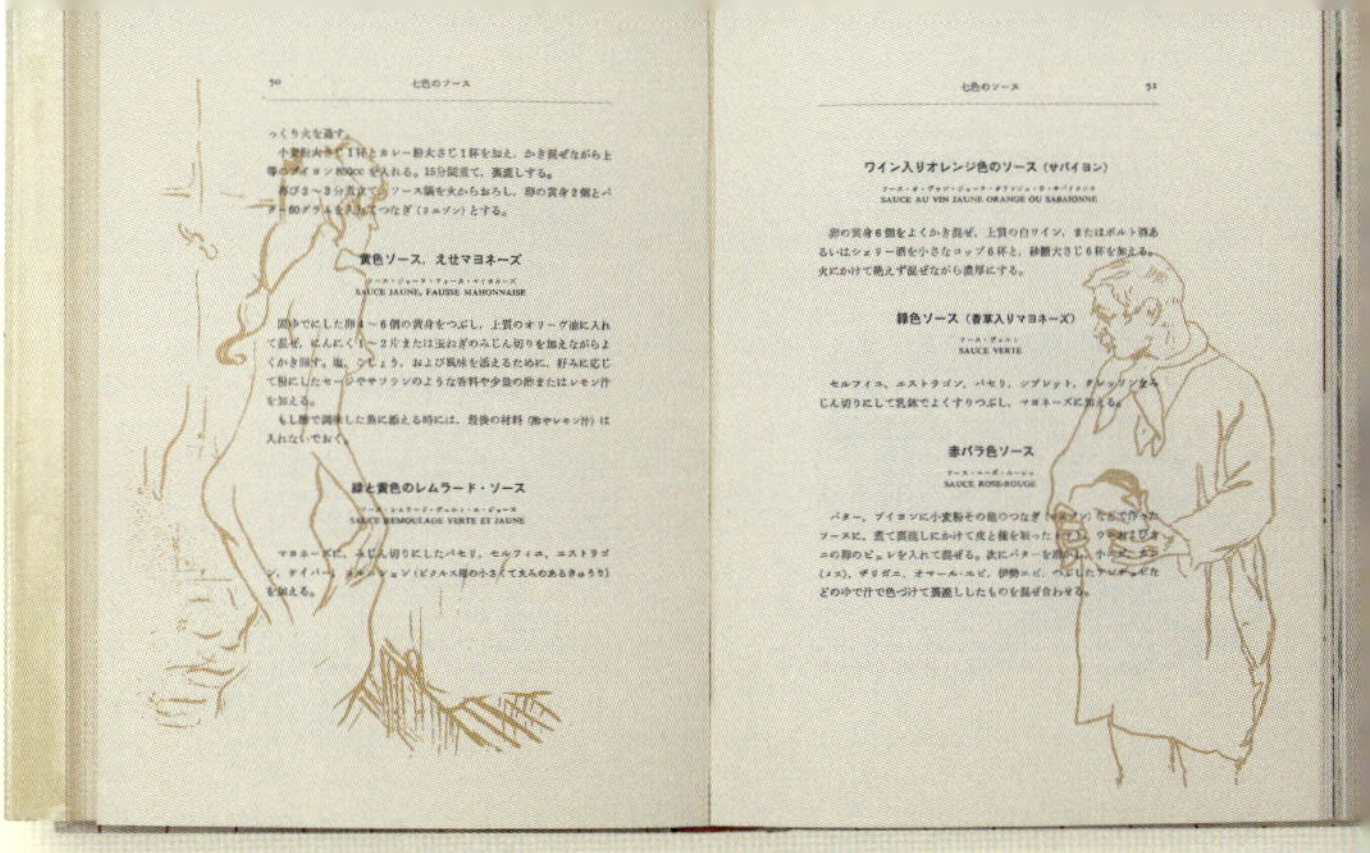

自ら腕を振るい料理を創作する事に情熱を傾けていたロートレックのメニューから、その親友が約二百点を選びまとめた。ロートレックによる水彩画、デッサン、リトグラフなど三十二葉の口絵が楽しめる。

座右宝刊行会／トゥールーズ＝ロートレック、モーリス・ジョアイヤン著　初版一九七四年

辻嘉一の料理本

かごしま文学館に寄贈された蔵書には、十四歳から包丁を握り懐石料理の道に入った、昭和を代表する名料理人・辻嘉一の懐石伝書のシリーズ（一九六〇年代後半に婦人画報社より出版）が複数冊残されている。こうした本格的な料理本も向田らしい。大切にされていたことがうかがわれる。

写真上より『煮たもの；懐石料理』（婦人画報社・1966年）、『椀盛；懐石伝書』（婦人画報社・1968年）、『八寸口取；懐石伝書』（婦人画報社・1966年）、『焼物；懐石料理』（婦人画報社・1965年）、『向附；さしみ・すのもの・ひたしもの』（婦人画報社・1966年）、『四季のもてなし料理』（婦人画報社・1967年）

かごしま近代文学館所蔵

つけもの常備菜

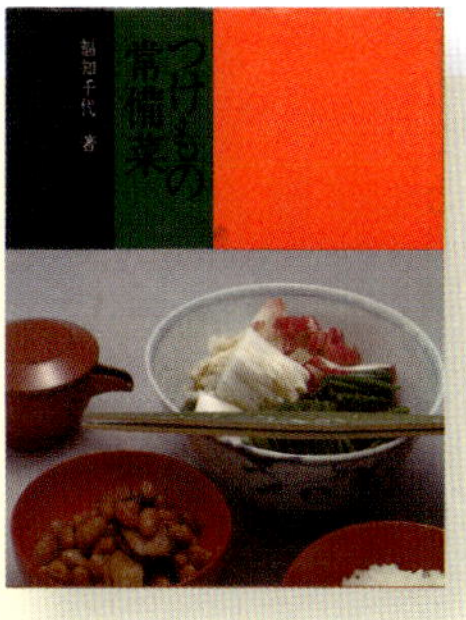

金閣寺門前の京料理店「雲月」の女将 福知知代のレシピ集。『眠る盃』収録のエッセイ「味醂干し」の中に、「福知千代女史の『つけもの・常備菜』（文化出版局刊）百ページのあじのみりん干しの項を参考に、小イワシのいきのいいのが入った時に試みたのだが、マンション暮しの悲しさで、ベランダに干すしかない」と登場する。

　このほか同氏のレシピ集は『ご飯』（文化出版局・一九七〇年）と『煮たきもの　あえもの　秋―冬』『煮たきもの　あえもの　春―夏』（共に文化出版局・一九七二年）の三冊がかごしま文学館に所蔵されている。

文化出版局刊／福知千代／一九七二年

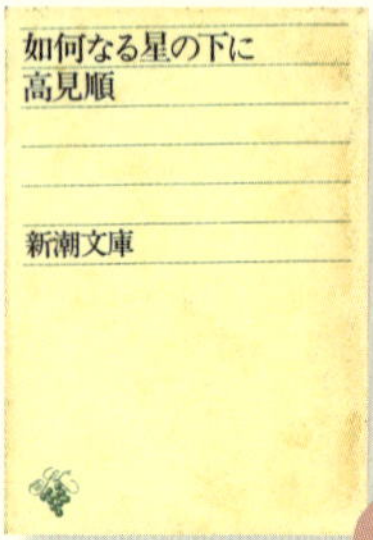

59

『如何なる星の下に』

高見順

新潮文庫　初版一九四八年

時代は一九三八年。筆者は浅草の安アパートを借り、浅草人の悲哀を活写した。小説では名前は変えているがお好み焼きの「染太郎」、「喫茶ハトヤ」、どぜうの「飯田屋」など現存する店が出てくるのも楽しい。

60

『アメリカひじき・火垂るの墓』

野坂昭如

新潮文庫　初版一九七二年

第二次世界大戦末期、母が残した預金がありながら食料難から栄養失調で死んだ妹、餓死した兄を書いた「火垂るの墓」。一転「アメリカひじき」では、主人公はひもじいなか、生き恥を晒しても戦後社会を生き抜く。

61

『夕ごはんたべた?』上・下

田辺聖子

新潮社　初版一九七五年

小説に描かれるのは昭和の中頃、中年医師とその妻の日常。診療後、食卓に向かった医師が口にするのは冷えたひとり分の夕ごはん。それでも妻とおしゃべりしながらの晩酌を大切にする中年医師がほほえましい。

62

『快楽その日その日』

安岡章太郎

新潮社　初版一九七六年

一九七〇年代半ば、著者はワインと美食に浸りながら南仏を旅してパリへと戻る。フランスの食や文化に触れながら、第2次世界大戦後の飢餓感と現代の飽食の陰に宿る危機感を二重写しにしてみせる。

63

『酒呑みの自己弁護』

山口瞳

新潮文庫　初版一九七九年

山口は、小説家・向田邦子の才能を見出した友人。「酒をやめれば健康になるかもしれないが、もうひとつの健康を損なってしまうのだと思わないわけにはいかない」と、愛惜の心で酒の思い出を語る辛口エッセイ。

64

『迷惑旅行』

山口瞳

新潮社　初版一九七八年

水彩画を趣味とする筆者の水彩画旅行記。彫刻家ドスト氏など相棒たちと逢いたい人に逢うため湯布院、石巻、網走などを旅する。押しかけられる地元も迷惑なら、接待ぜめに合う私も迷惑とタイトルがついた。

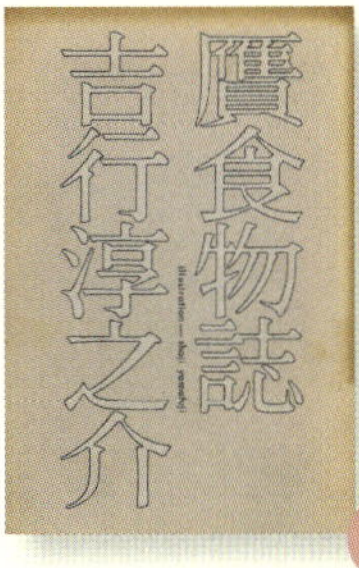

65

『饜食物誌』

吉行淳之介

新潮社　初版一九七四年

一九七三年十二月十一日から百回、「夕刊フジ」に連載したエッセイをまとめたもの。食欲、生牡蠣、サイダーなど食にまつわるテーマを話のまくらにして交友、ギャンブル、男女などを語る。イラストは山藤章二。

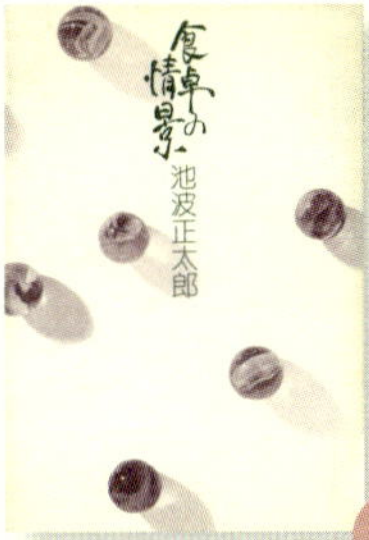

66

『食卓の情景』

池波正太郎

朝日新聞社　初版一九七三年

向田が、エッセイ「ホームドラマのお父さん役にお願いしたい三人」（『夜中の薔薇』）で夜中に起きて働くお父さん役を依頼してみたいと書いた池波による食エッセイの代表作。食を通しての世界観が描かれている。

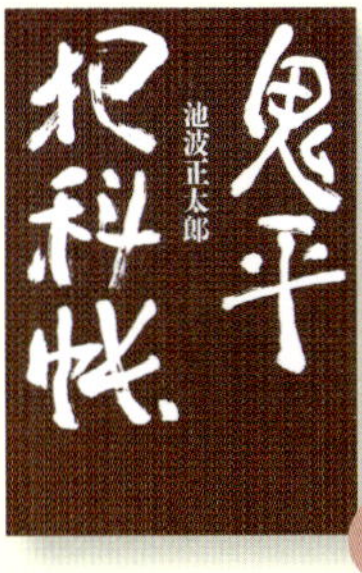

67

『鬼平犯科帳』

池波正太郎

文藝春秋　初版一九六八年

一九六七年に連載が開始された、実在の人物・長谷川平蔵を主人公とする捕物帳。平蔵はなかなかのグルメで、蕎麦屋や料理屋で江戸料理を堪能したり、旬の食材を調理するシーンが随所に盛り込まれている。

68

『諫早菖蒲日記』

野呂邦暢

文藝春秋　初版一九七七年

長崎出身の芥川賞作家による代表作。筆者の故郷・諫早を舞台に幕末に生きる人々の日常を描いた。向田は、文藝春秋の担当編集者に薦められてこの本を読み、すっかり魅了されてドラマ化を企画していた。

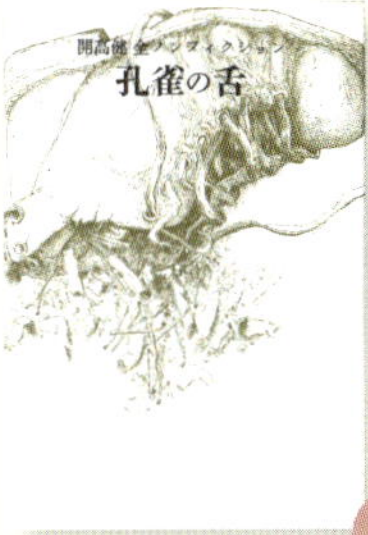

69

『孔雀の舌』

開高健

文藝春秋　初版一九七六年

「この味を正確に伝えるためには丸谷才一、開高健両先生の舌と筆をお借りしたい」とエッセイ「ベルギーぼんやり旅行」に書いた開高による酒食エッセイ集。孔雀の舌とは、怪しいものを何でも食べる悪食のこと。

70

『最後の晩餐』

開高健

文藝春秋　初版一九七九年

一九七七年から二年間にわたり『諸君！』に連載。想像を絶するほど奥深い造詣と実体験をもって、どん底の食から王様の食までを多様な食のシーンを描いた文学史エッセイ。二〇〇六年、光文社文庫で復活。

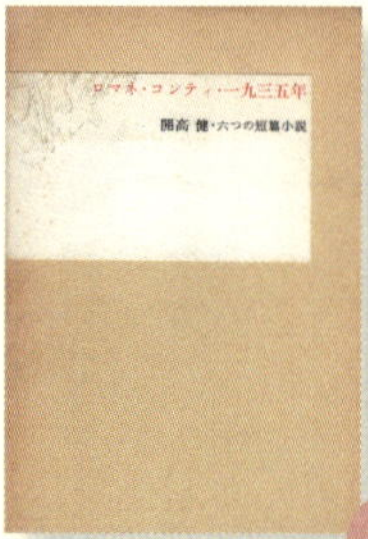

71

『ロマネ・コンティ・一九三五年』
開高健
文藝春秋　初版一九七八年

六つの短編を集めた小説集。なかでも表題の「ロマネ・コンティ・一九三五」は、最高級のワインが舌を流れると、忘れていた女性との思い出の箱が開くという内容に加え、ワインについての表現に圧倒される。

72

『ドジリーヌ姫の優雅な冒険』
小林信彦
文藝春秋　初版一九七八年

小説家・小林信彦による料理小説。元は一九七七年に創刊した雑誌「クロワッサン」に連載されたもの。異常なほど料理に詳しい主人公が、ドジな妻、ドジリーヌ姫こと敏子さんにバラエティ豊かな話を披露する。

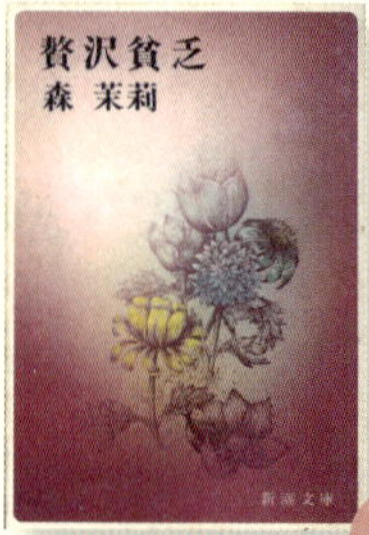

73

『贅沢貧乏』
森茉莉
新潮文庫　初版一九七八年

鷗外の著作権が切れてから筆者の暮らし向きは悪くなる。安アパートながら美意識にかなうものに囲まれ、〈本物のバタア〉〈グレエト・ブリテン産のラズベリイ・ジャム〉は欠かさない。自由で豪華な夢を描く。

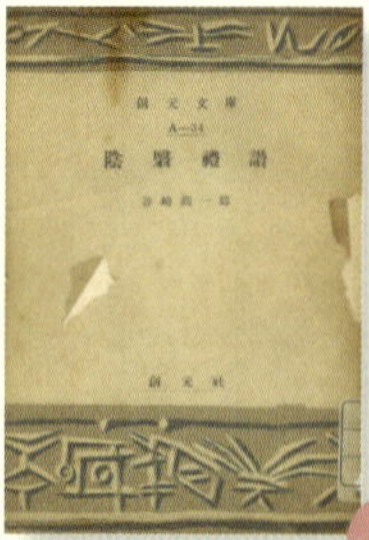

74

『陰翳礼讃』
谷崎潤一郎
創元文庫　初版一九五二年

日本に伝わる漆器や調度品などを題材に、陰翳の美を論じた書。向田は鴨下信一との対談で、〈ほの暗い、薄明かりの中で、その闇と光の陰翳が一切れのようかんに収斂していくというくだりは、すばらしい。〉（『向田邦子全対談集』）と絶賛している。

75

『楢山節考』
深沢七郎
新潮文庫　初版一九六四年

一九五六年発表の短編小説。七十歳になると親を山へ捨てにいく「楢山まいり」は、食糧難の寒村につたわる、食い扶持を減らすための厳しい掟。すすんでその日を早める老婆と優しい長男を力強い世界観で描く。

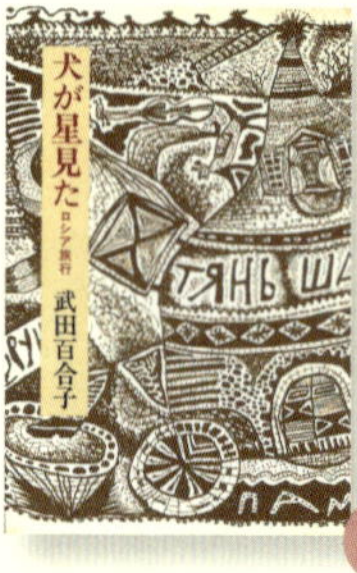

76

『犬が星見た〜ロシア旅行〜』
武田百合子
中央公論社　初版一九七九年

作家である夫・武田泰淳とその終生の友で中国文学者である竹内好と三人で一九六九年に出かけたロシア旅行記。旅中の食事を克明に記録し、二人の文学者の旅の様子や出来事などを天衣無縫に語る。

77

『断腸亭日乗(一〜七)』
永井壮吉(荷風)
岩波書店　初版一九八〇年

荷風が三十七歳だった一九一七年から一九五九年に亡くなる前日まで綴った日記。その日の天候、家事、来客、散歩の風景、食事、読書、物価、社会批判などが端的に書かれている。

78

『蕪村七部集』
与謝蕪村
岩波文庫　初版一九二八年

蕪村の撰集。〈散りてのち面影に立つ牡丹かな　たしか蕪村の句である。(略)花のないほうが匂いは鮮烈であるという句はなかったかと考えてみたが、思い出せなかった。〉「四角い匂い」(『夜中の薔薇』)

79

瀬戸内晴美
『京まんだら(上・下)』
講談社　初版一九七二年

一九七〇年代初頭の京都・祇園が舞台。美しい四季を背景に、芸妓、舞妓やお茶屋の女将など祇園の女たちの恋と人間模様を描いた長編小説。京の美味についても独自の文化と共に垣間見ることができる。

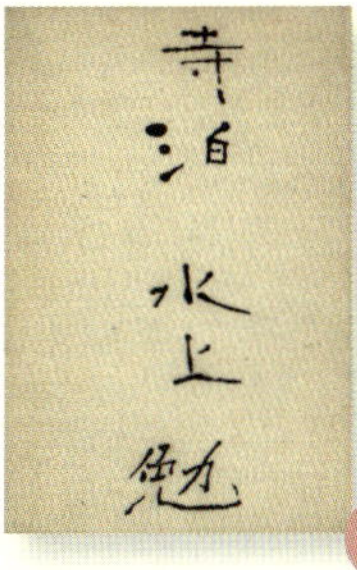

80

『寺泊』
水上勉
筑摩書房　初版一九七七年

良寛事績の取材で新潟に赴いた著者は、良寛が「破れ堂に住んで乞食して歩いた道」を辿ってみたくて寺泊の町に立ち寄る。そこで見たものは、雪の中を男女が黙々とカニにしゃぶりつく姿だった。

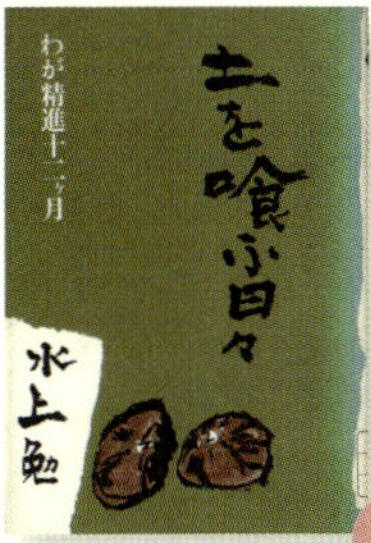

81

『土を喰ふ日々　我が精進十二ヶ月』
水上勉
文化出版局　初版一九七八年

〈今日は『土を喰ふ日々』のファン代表としてうかがいました。おかげさまで私もレパートリーが具体的に増えました。(中略)いちばん先に私が試しましたのは、くわいの網焼き。〉(『向田邦子全対談集』)

82

『黒い御飯』(筑摩現代文学体系56　永井龍男集)
永井龍男
筑摩書房　初版一九七七年

一九二三年、筆者が十九歳で書いた短編。主人公は病弱の父を疎ましく感じている少年。父の説教を憂鬱な思いで聞きながら貧しい一家が夕餉の卓を囲む情景。話題は少年が小学校の入学式に着る服のことだった。

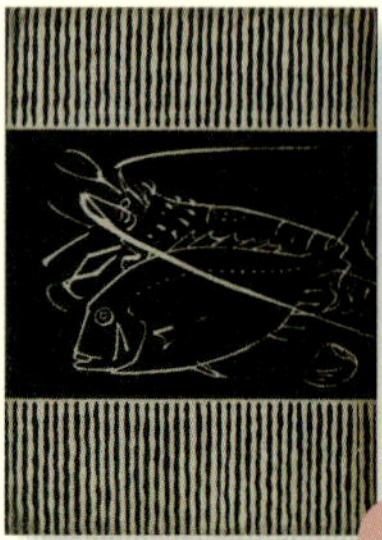

83

『味覚極楽』
子母澤寛
龍星閣　初版一九五七年

〈昔なつかしい東京ことばが、みごとに書きとめられている名著だが、（中略）歌舞伎役者が鰻を食べたときのセリフがいい。「鰻をやりますと、頭がハキハキしてまいります」といっているのである。〉「男殺油地獄」（『霊長類ヒト科動物図鑑』）

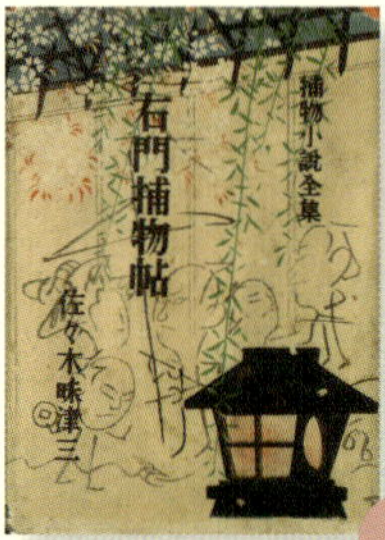

84

『捕物小説全集　右門捕物帖』
佐々木味津三
春陽堂　初版一九五〇年

『旗本退屈男』と並ぶ著者の代表作。嵐寛寿郎と山中貞雄により「むっつり右門」として映画化された。興津鯛のひと塩にしたものを右門自ら焼いて口にするなど、江戸らしい食べ物が頻繁に登場する。

85

『饗宴』
吉田健一
KK・ロングセラーズ　初版一九七七年

父・吉田茂の外交官時代、赴任に伴い海外で育ち、世界中で一流の味覚と嗜好を身につけた著者。戦時中であれ、どんな時にでも飲食に美しさ、楽しみを見出した著者による飲食論。

86

『移動祝祭日』
ヘミングウェイ／福田恆存 訳
三笠書房　初版一九七二年

六〇歳を過ぎた著者が、二十二歳で移住したパリでの五年を振り返る。午前中はカフェオレを片手にカフェで執筆し、空腹のときは美術館に飛び込む。筆がはかどった達成感で白ワインと牡蠣に酔いしれる。

87

『ロビンソン漂流記』
デフォオ／吉田健一 訳
新潮文庫　初版一九五一年

三百年以上前のイギリスで刊行。水も食べ物もない無人島に流れ着いたロビンソンが、水を探し、山羊を育て、麦を育てるために道具を作って荒地を開墾するといった具合に、すべてを手作りで生活を確立していく。

88

『ママと星条旗とアップルパイ』
ラッセル・ベイカー他／常盤新平 訳
集英社　初版一九七九年

「ママ」「星条旗」「アップルパイ」「銃」「ショッピングセンター」……二十六人の作家が書いた身近で慎ましいアメリカ。「エスクァイア」（一九七五年十二月）の建国二〇〇年記念特集をまとめた一冊。

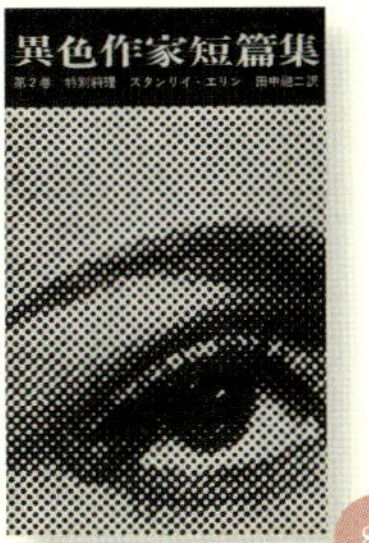

89

『特別料理　異色作家短篇集2』

スタンリイ・エリン／田中融二 訳

早川書房　初版一九六一年

著者は、〝奇妙な味〟がする短編小説の名手。天国のような素晴らしい味のアミルスタン羊の料理を供す隠れ家レストランを舞台にしたデビュー作「特別料理」を含む十本が本書に収められている。

90

『料理長殿、ご用心』

ナン&アイヴァン・ライアンズ／中村能三 訳

角川書店　初版一九七九年

一九七六年、アメリカで発表されたユーモアミステリィ。ロンドン、パリ、ベニスの有名店で次々と料理長が殺される。「第一の殺人 小鳩の包み焼き風」、「第三の殺人 鴨、血入りソース風」とタイトルもユーモラス。

91

『料理人』

ハリー・クレッシング／一ノ瀬直二 訳

ハヤカワNV文庫　初版一九七二年

一九六五年に米国生まれの筆者が発表したブラック・ユーモア小説の名作。天才的料理人である主人公がある日コブの街に姿を現し、街の名士の家の料理人となり、その料理で人の感情やつながりまで変えていく。

92

『門番の飼猫』

E・S・ガードナー／田中西二郎 訳

早川書房　初版一九五六年

八十二作ある弁護士ペリー・メイスン・シリーズのひとつ。ガードナーはこのシリーズで名声を一気に高めた。同著では、猫を飼う門番の奇妙な依頼を受けてメイスンが活躍。ワッフルが謎を解く鍵となる。

93

『リヴァーサイドの殺人』

キングズリイ・エイミス／小倉多加志 訳

早川書房　初版一九七七年

イギリスで発表された本格ミステリィ。主人公である十四歳の少年が父親と食べたレバーとベーコンとアップルパイの夕飯、紅茶とフルーツケーキなどイギリスの日常的な食生活が見えてくる。

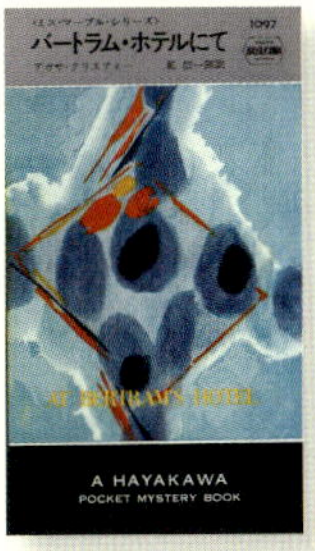

94

『バートラム・ホテルにて』

アガサ・クリスティー／乾信一郎 訳

早川書房　初版一九七二年

ミス・マープル・シリーズ第十弾。ロンドンの片隅にエドワード王朝時代の佇まいを残すバートラム・ホテルが舞台。アフタヌーンティーやチョコレートのスミレ・クリームなど美味しいものが登場。

95

『サタデー・ゲーム』
ブラウン・メッグス／丸本聡明 訳
早川書房　初版一九七七年

殺人事件の捜査を行うアンソン・フレール警部補は、自宅のワインセラーに七百本のワインを揃え、料理の腕前は玄人はだしというアメリカ人。随所に描かれる料理や調理道具が好奇心をくすぐる。

96

『007／カジノ・ロワイヤル』
イアン・フレミング／井上一夫 訳
創元推理文庫　初版一九六三年

第二次世界大戦中、英国海軍情報部諜報員だった筆者による〇〇七シリーズ第一作として一九五三発表。筆者も主人公ボンドも美食家で、シャンペンとレバー・パイなどの食事シーンが随所に盛り込まれている。

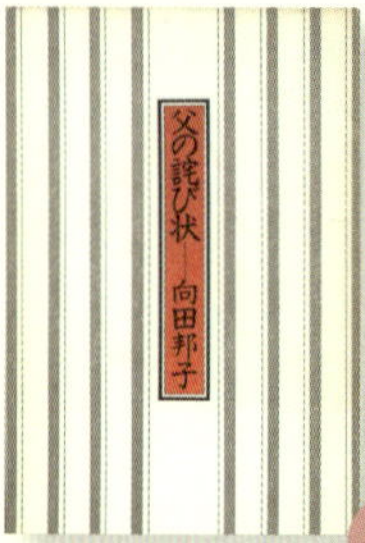

97

『父の詫び状』
向田邦子
文藝春秋　初版一九七八年

「銀座百点」で随筆家デビューしたこの連載は好評で、二年半分をまとめて単行本化された。第一随筆集。一九六九年に亡くなった父と家族の思い出を描いた。「ごはん」「昔カレー」など名作を収録。

98

『眠る盃』
向田邦子
講談社　初版一九七九年

二冊目の随筆集。「荒城の月」の一節「めぐる盃、かざして」を間違えて「眠る盃」と歌う少女時代の思い出を綴った随筆をはじめ、「味醂干し」「幻のソース」「水羊羹」など食の名随筆も含む。

99

『無名仮名人名簿』
向田邦子
文藝春秋　初版一九八〇年

「週刊文春」での最初の連載をまとめた単行本。この時の連載について山本夏彦は「週刊文春の宝」と讃えた。「お弁当」「七色とんがらし」「パセリ」など食をとおして人生を語る随筆を多数収録。

100

『思い出トランプ』
向田邦子
新潮社　初版一九八〇年

「小説新潮」連載の初の小説十三篇をまとめた。直木賞を受賞した「かわうそ」「花の名前」「犬小屋」を収録。大根と煮込まれた三枚肉や、暗闇を弧を描いて飛ぶりんごなどが人の感情の機微を語る。

たのしいフランス料理

蔵書の中には稀にページの角を折ったものもあるが、ほとんどの本はきれいなまま。唯一、しっかり罫線を入れ、このページを頭に叩き込もうとしている痕跡がわかるのが『たのしいフランス料理』（辻静雄　婦人画報社・一九六七年）。

パリで食べたペッパー・ステーキにかかっていたソースが忘れられず、東京に戻ってから『たのしいフランス料理』の中にこのソース「グラス・ド・ヴィアンド（濃く煮つめた肉汁）」があることをつきとめて十数時間かけて再現したことが、エッセイ「幻のソース」（『眠る盃』収録）に描かれている。

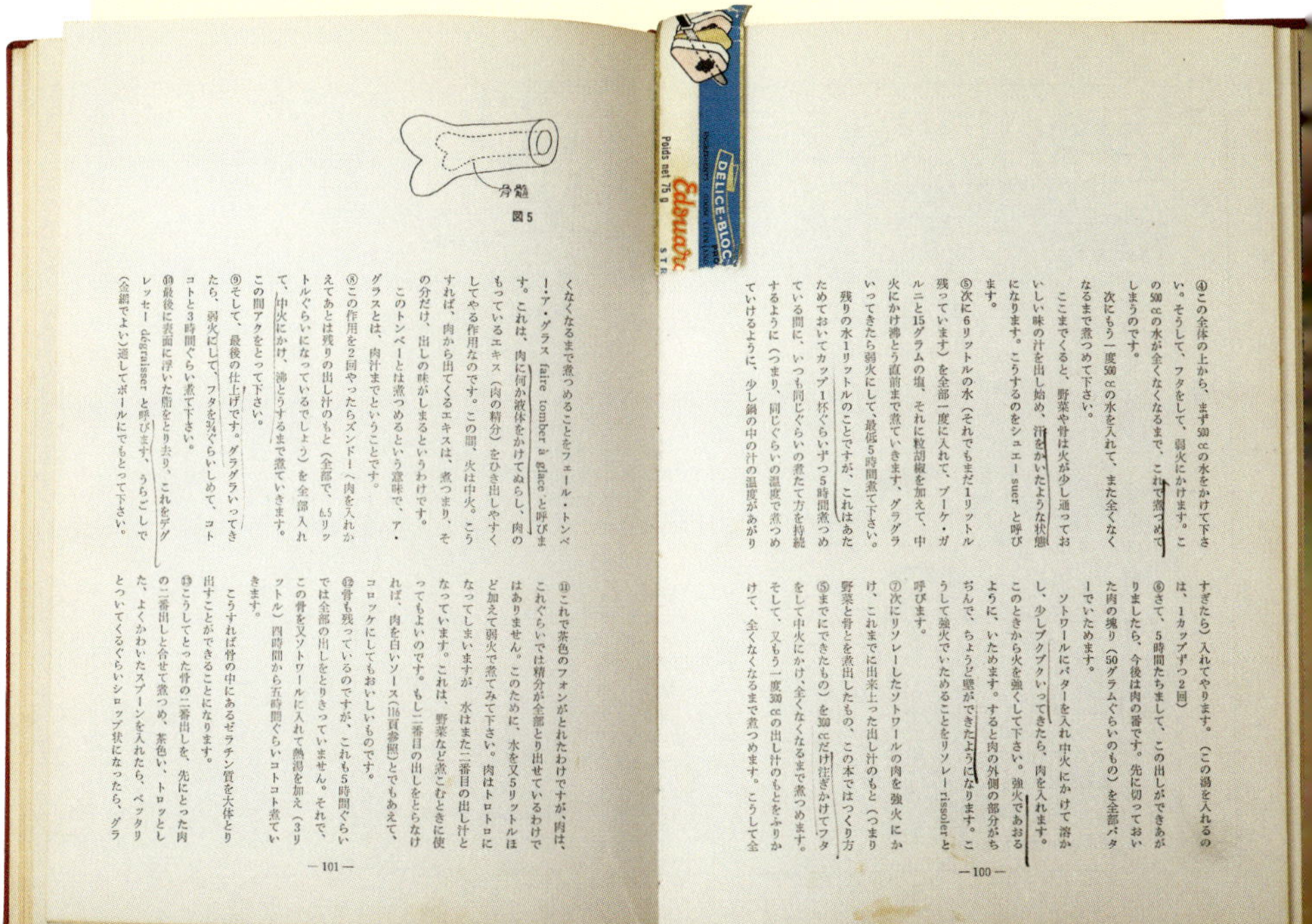

④この全体の上から、まず500 ccの水をかけて下さい。そうして、フタをして、弱火にかけます。この500 ccの水が全くなくなるまで、これで煮つめてしまうのです。

次にもう一度500 ccの水を入れて、また全くなくなるまで煮つめて下さい。

ここまでくると、野菜や骨は火が少し通っておいしい味の汁を出し始め、汗をかいたような状態になります。こうするのをシュエー suer と呼びます。

⑤次に6リットルの水（それでもまだ1リットル残っています）を全部一度に入れて、ブーケ・ガルニと15グラムの塩、それに粒胡椒を加えて、中火にかけ沸とう直前まで煮ていきます、グラグラいってきたら弱火にして、最低5時間煮て下さい。

残りの水1リットルのことですが、これはあためておいてカップ1杯ぐらいずつ5時間煮つめている間に、いつも同じぐらいの煮たて方を持続するように（つまり、同じぐらいの温度で煮つめていけるように、少し鍋の中の汁の温度があがりすぎたら）入れてやります。（この鍋を入れるのは、1カップずつ2回）

⑥さて、5時間たちまして、この出しができあがりましたら、今後は肉の番です。先に切っておいた肉の塊り（50グラムぐらいのもの）を全部バターでいためます。

ソトワールにバターを入れ中火にかけて溶かし、少しブクブクいってきたら、肉を入れます。このときから火を強くして下さい。強火であおるように、いためます。すると肉の外側の部分がちぢんで、ちょうど壁ができたようになります。こうして強火でいためることをリソレー rissoler と呼びます。

⑦次にリソレーしたソトワールの肉を強火にかけ、これまでに出来上った出し汁のもと（つまり野菜と骨とを煮出したもの、この本ではつくり方⑤までにできたもの）を300 ccだけ注ぎかけてフタをして中火にかけ、全くなくなるまで煮つめます。そして、又もう一度300 ccの出し汁のもとをふりかけて、全くなくなるまで煮つめます。こうして全

—100—

骨髄

図5

くなくなるまで煮つめることをフェール・トンベー・ア・グラス faire tomber à glace と呼びます。これは、肉に何か液体をかけてぬらし、肉のもっているエキス（肉の精分）をひき出しやすくしてやる作用なのです。この間、火は中火。こうすれば、肉から出てくるエキスは、煮つまり、その分だけ、出しの味がしまるというわけです。

このトンベーとは煮つめるという意味で、ア・グラスとは、肉汁までということです。

⑧この作用を2回やったらズンドーへ肉を入れかえてあとは残りの出し汁のもと（全部で、6.5リットルぐらいになっているでしょう）を全部入れて、中火にかけ、沸とうするまで煮ていきます。この間アクをとって下さい。

⑨そして、最後の仕上げです。グラグラいってきたら、弱火にして、フタを3/4ぐらいしめて、コトコトと3時間ぐらい煮て下さい。

⑩最後に表面に浮いた脂をとり去り、これをデグレッセー dégraisser と呼びます、うらごしで（金網でよい）通してボールにでもとって下さい。

⑪これで茶色のフォンがとれたわけですが、肉は、これぐらいでは精分が全部とり出せているわけではありません。このために、水を又5リットルほど加えて弱火で煮てみて下さい。肉はトロトロになってしまいますが　水はまた二番目の出し汁となっています。これは、野菜など煮こむときに使ってもよいのです。もし二番目の出しをとらなければ、肉を白いソース（116頁参照）とでもあえて、コロッケにしてもおいしいものです。

⑫骨も残っているのですが、これも5時間ぐらいでは全部の出しをとりきっていません。それで、この骨を又ソトワールに入れて熱湯を加え（3リットル）四時間から五時間ぐらいコトコト煮ていきます。

こうすれば骨の中にあるゼラチン質を大体とり出すことができることになります。

⑬こうしてとった骨の二番出しを、先にとった肉の二番出しと合せて煮つめ、茶色い、トロッとした、よくかわいたスプーンを入れたら、ベッタリとついてくるぐらいシロップ状になったら、グラ

—101—

㊷ 戦争中の暮しの記録

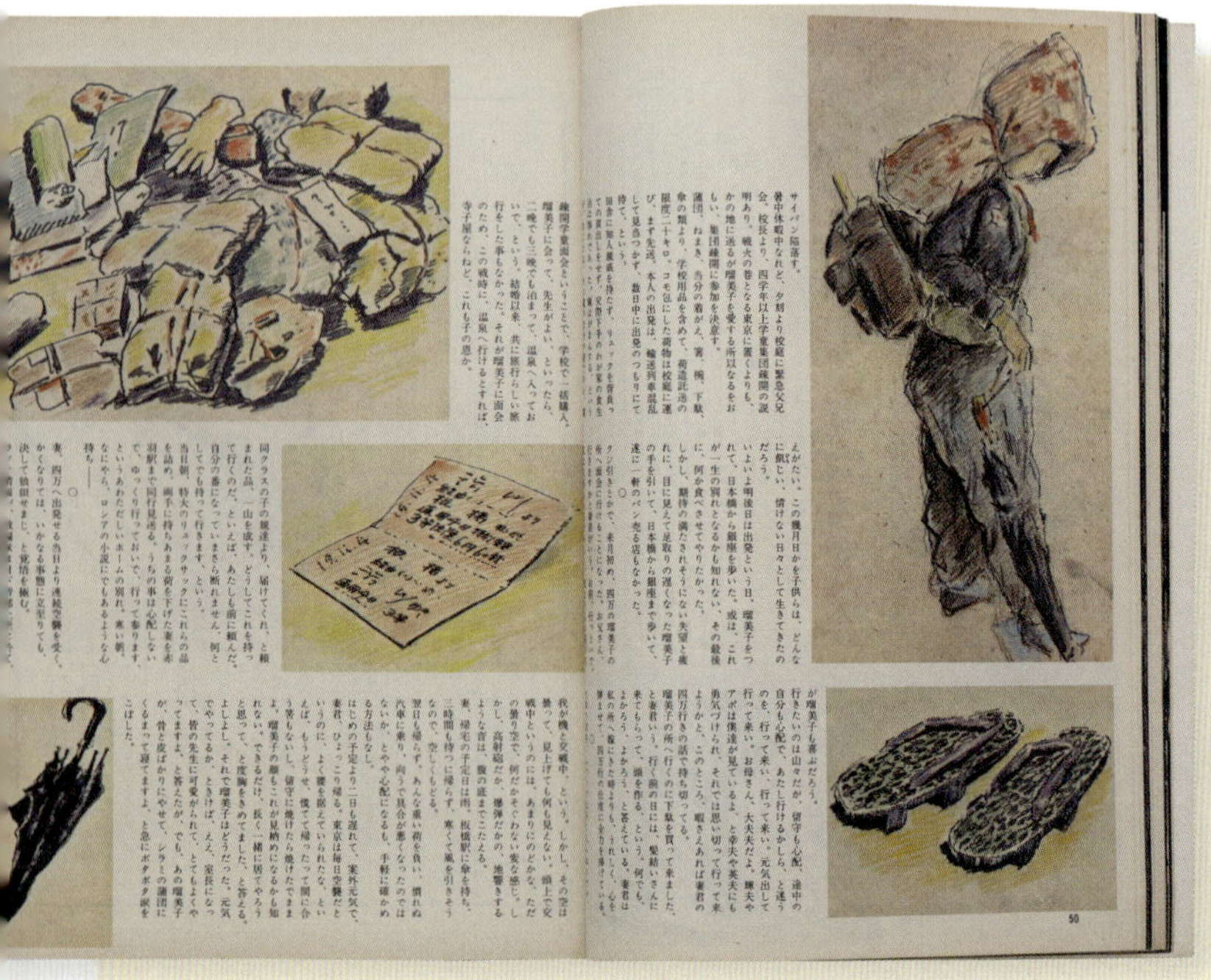

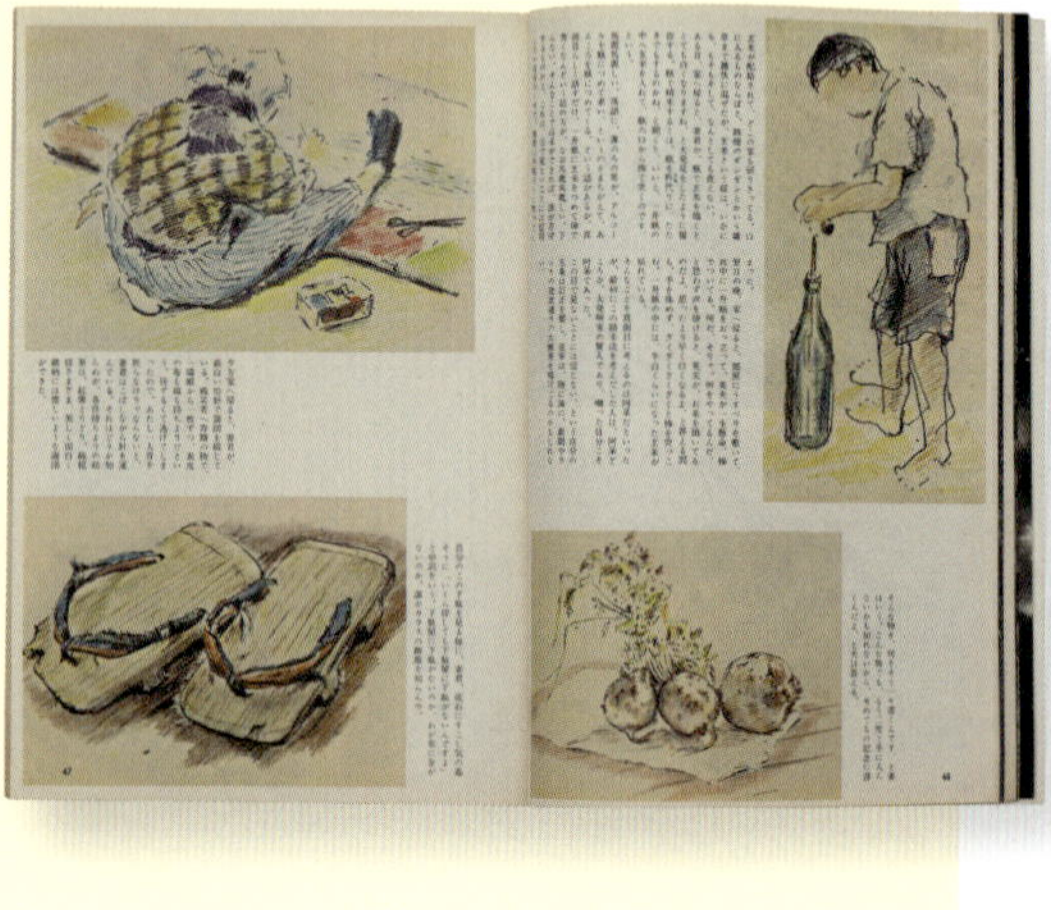

終戦から二十三年の歳月がたった一九六八年、高度経済成長で沸く日本において、忘れ去られようとしつつあった戦争中の暮しの記憶の投稿を呼びかけ、一冊にまとめた貴重な資料。

暮しの手帖社／暮しの手帖編集部編　初版一九六七年

対談

ホームドラマの食卓

鴨下信一（演出家）
×
向田邦子

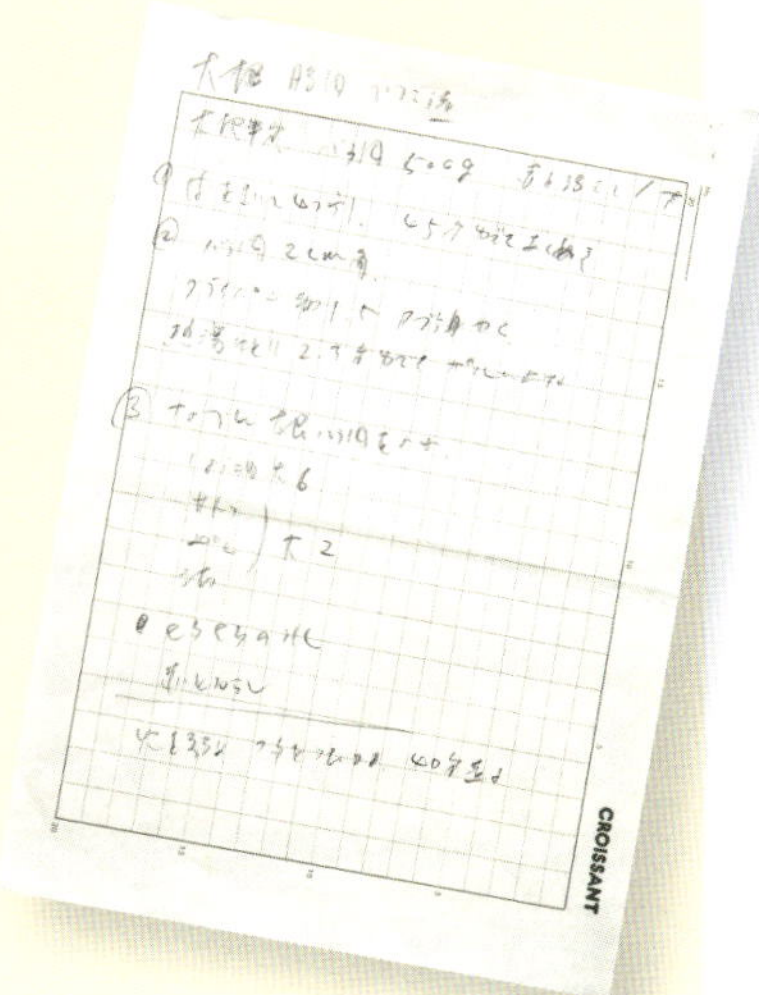

レシピの走り書き
撮影＝高比良有城

鴨下　向田さんが脚本を書いて、僕が演出したテレビドラマ『寺内貫太郎一家』で、向田さんから「ここの食べものは何でもいいけど音がするものにしてください」と言われて、鉄板焼きにした覚えがあるけど、ずいぶん印象に残っているな。

向田　そう、そう。おばあちゃんが鉄板焼きを食べるところね。

鴨下　味覚の話をするときに、視覚というか、見た目にきれいというのはよく言いますが、聴覚というのはあまり言いませんね。

向田　私がラジオからきたこともあるんですけれど、ホームドラマの茶の間は一種のサウンドだと思うの。たとえば家族が五人いたら、お父さんのバリトンがあって、お母さんのアルトがあって、長女のソプラノがあって、というふうに五人の各々の音階がある合唱だと思うんです。

鴨下　なるほど。

向田　それに、たくあんを噛《か》む音とか、皿小鉢の触れ合う音とか、コップの音とか、せき払いとか、そういうちっちゃな句読点といいますか、サウンドが入るほうがとても生き生きして、いいような気がするのね。たくあん噛む音なんかすごく好きだから、噛んでくれない女優さんがいるととても腹が立つ(笑)。森光子さんは、そういう意味では好き。音立てて食べるから。

鴨下　お茶漬けもちゃんと音を立てて食べるし。

向田　私が書いたホームドラマは食卓のシーンが長いんですけど、慣れない人たちは、自分の台詞《せりふ》の番だなと思う頃になると、ご飯を食べないの。口に入れない。食べないで、口に入ったふりして口だけ動かしてしゃべると、台詞は明確に聞こえるんですけど、嘘なんですね。森光子さんは、誰の番が来ようと、口いっぱいほおばっていて、それで台詞を言われるといかにもいいわ。

鴨下　森さんは食べるということに関しては本当にうまい。ちゃんと段取りがついて、ここでお代わり、となるように食べる。

向田　おみおつけもちゃんとするし、すばらしい。

鴨下　ご飯を盛るときに、山盛りにしない人もいやだな。ちょぼちょぼってよそったりするのは気持ち悪い。

向田　ほんと。それから森繁久彌さんもうまい。いつかびっくりしたのは、かにを食べながらうまくしゃべったの。

鴨下　それはむずかしい。

向田　俳優さんにとっては残酷だけど、そのときの森繁さんのうまさったらなかった。足をボキッと折って、爪の先を出して、シャーッてせせるのね。竹脇無我さんのも全部せせってやるの。それでいいところは自分でパクパク食べる。それになおかつ、てにをはを間違えずに膨大な台詞をしゃべるんだから。このシーンだけで一五〇万円とってもいいと思う。(笑)

鴨下　加山雄三さんもたくさん食べてくれるね、いくらでも食う。

向田　若い頃はドカベンって渾名《あだな》があったっていうから。

鴨下　僕らが食卓のシーンで困るのは、NGが出ることなんですよ。撮り直しになるともう食べられないでしょう。ところが加山雄三さんはNGが出ても、どんぶりめしを何杯でも同じように食える。

向田　撮り直すと、どうしても食べ方に勢いがなくなってくる。目がイヤになってきちゃうのね。

鴨下　食事のシーンがあると、みなさんおなかを減らしてスタジオ入りする。でもNGが出ちゃうともう食べれない。いつか、細川ちか子さんがコーラを六本飲んでひっくり返っちゃった。相手の池部良さんのNG続きで。

向田　あれは私が書いた脚本《ほん》。

鴨下　そう。ひどい話。

向田　寺内貫太郎をやった小林亜星さんが、夜中に起きて、どんぶり一杯水を飲むところでNGが出て、三杯飲んだのね。見ててかわいそうだった。

鴨下　川崎敬三さんは、一升びんの水を息もつかずに飲む特技がある。

向田　ちょっと気持ち悪い（笑）。テレビで食べものを作るのは小道具さん？

鴨下　ええ。

向田　食事のうまい局と、意外とだめな局があるんですってね。鴨下さんの前で言うのは気がひけるけど、テレビ朝日がいちばん味がいいって。だから、みなさんテレビ朝日のホームドラマに出ると、食費が浮くよって喜ぶの、これ本当。

鴨下　不思議な話で、役者さんて妙なところでケチでね（笑）。かなりの高額所得者が、食費が浮いて助かったって言うからね。

向田　高いギャラをとる人でも、インスタント・ラーメンとか、カップ・ヌードルばっかり食べているとか。

鴨下　朝早く出たり、時間がないってこともあるでしょうけど。

向田　西城秀樹さんに、何が好きかってきいたら、カップ・ヌードルだって（笑）。小林亜星さんがそのことを聞いて、「そんなことやってるから、俺にて、少し突きとばされたぐらいで骨を折ったりするんだ。もっとしっかりと物を食え！」って。

鴨下　みんな粗食ですよ。ただ、みなさんよく食べますねえ。役者は胃が丈夫じゃないとやっていけないと思う。

向田　胃が丈夫で、ちょっとの間でも寝られる人が生き残るみたい。

鴨下　きれいな顔してて、よくもまああんなに食えるって感心しちゃう。胃弱の大スターはいませんね。

向田　偉いと思ったのは、若尾文子さん。夜一〇時過ぎたら水一杯飲まない。いつか私の家へいらして、お茶をさしあげたら、全然減らないのね。何か別のものにしましょうかってきいたら、「明日、午前中の撮影がありますから」って。一〇時過ぎに飲むと顔が少しむくむんですって。のどが渇いても飲まないっていうから、すごいですね。あの克己心は。

鴨下　偉いね。

向田　偉いわよう。ほっそり見えてきれいでしょ。すごい努力なのね。撮影中でもお昼にサンドイッチ二切れぐらい。私に贅肉《ぜいにく》がつくのは無理もないと思うわ。（笑）

向田　ホームドラマを考えたときに、その家族が朝に何を食べて、夜に何を食べるかの献立が作れるときには、そのドラマはうまくいきますね。お漬けものはその家で漬けてあるのか、それともスーパーで買ってきてるのか、そこまで思い浮かぶと、台詞もどんどん出てくるし、ドラマも生き生きしてくるみたい。
鴨下　ディレクターとしても食事シーンは本当に気をつかう。
向田　普通の大所帯の六人家族だったら、おみおつけのお鍋に六杯分入っていればいいんだけど、『時間ですよ』のときに、この人たちは板場で働いているんだから、おみおつけは二杯はお代わりするって言ったのに、六杯ぐらいしか入らないお鍋だったから文句言ったのよ。
鴨下　なるほど。
向田　そしたら、なんでも大きいものがいいんだろうって思われたらしくて、次の献立が朝ご飯だったんですけど、お漬けもの、佃煮、紅しょうが、らっきょう、と書いておいたら、全部が全部同じ入れものなのよ。紅しょうがなんか五〇人前くらいあるのよ（笑）。食卓の真ん中に真っ赤な紅しょうががドーンってのってる。私、怒っちゃったの。だってそうでしょ。白菜が山盛りになっているのはまあいいけど、家族の頭数を考えれば五〇人前の紅しょうがはひどいわよ。ちゃんと考えてほしいわね。
鴨下　困るね、そういうことされると。（笑）
向田　ドラマでおすしとるときだけど、七人家族なのに二人前ぐらいしかないことがあるのね。そんなことありえないわよね。予算がないんなら、私のギャラから出してくれって言ったわよ（笑）。反対に、夫婦二人なのに山ほどってこともあるし――。
鴨下　よくあるよ。どういう神経でドラマ作ってるんだろうってのが。
向田　だから、私は、すき焼きと書くときに、たとえば月収二〇万円の家族だったら、四五〇円ぐらいのお肉で、お客さんが来ておごるってときには六五〇円くらいって、お肉を一〇〇グラムいくらって書くの。
鴨下　大変な人だな。
向田　大して暮らしが楽でない家で、今日はすき焼きですよって言ったら、霜ふりが映ったのよ。霜ふりなんて一〇〇グラム一〇〇〇円ぐらいするでしょ、一キロ買ったら一万円、そんなばかなことはないわよ。それで、お肉がよすぎるって言ったのね。でも、言うと、どうしてもきつくなっちゃうので、それからは一〇〇グラムいくらのお肉って書くようにしたの。
鴨下　僕もけっこう値段知ってる。買い出しに行くからね。買い物はカミさん孝行じゃなくて、僕らは行くことが必要なんだ。デパートの地下をウロウロして、物の値段をいろいろと知ってるのと、そうでないのとではずいぶん違うからね。
向田　新珠三千代さん扮《ふん》する会社重役の奥さんが、夜中に冷蔵庫を開けたら、きゅうり一本しか入ってないことがあったのね。私、とび上がっちゃった。

すぐディレクターに、こんなばかなことがあるかって言ったのよ。そして聞いてわかったんだけど、彼は独身で下宿暮らしだったのね、俺んちの冷蔵庫はこうですって（笑）。それでますます怒っちゃって、自分ちの冷蔵庫と、会社重役の冷蔵庫と間違えるな。世の中の冷蔵庫はどういうものなのか見せてあげるから、私の家に来なさいって言ったの。冷蔵庫に対するイメージが貧困なのよ。

鴨下　でも、そういうことあるのよ。この間、僕はわざわざ逆の意味で、とってもいい家で、全然何も入っていない冷蔵庫を出したらみんな爆笑したけど。

向田　そういうことはいいですよ。私、ある女優さんに、「あなたの家の冷蔵庫には何が入ってるの」ときいたら、「オレンジとチョコレートしか入っていません」って。食べないからだって。

鴨下　悲劇の冷蔵庫だな、それは。

向田　私、不思議だね、と思うのは、外国の飛行機会社の飛行機に乗ると、たとえば、インド航空ってカレーのにおいがするわね（笑）。決して卑しめて言ってるんじゃなくて。いつか本場のカレーが食べたくて、インド航空に乗って帰ってきたことがあったの。搭乗するときからサリーを着たスチュワーデスが迎えてくれたりするから、イメージでカレーのにおいがするのかと思ったら、そうじゃないの。

鴨下　本場のカレーは辛いね。

向田　ほんと、唐辛子を食べてるみたい。それでも外国人向きのカレーだったのよ。インド人が食べてたのは、もうほんとに辛そうだった。

鴨下　唐辛子をきかせてあるから。

向田　フランス航空だと、チーズのにおい。

鴨下　そうすると日本航空は魚のにおいがするのかな。

向田　自分の国のことはわからないけど、日本人はおみおつけ臭いっていうから。

鴨下　味噌汁臭いと言いますね。外国人に言わせると、味噌汁は非常ににおいがきつい。

向田　そうなんですって。

鴨下　かつお節のにおいかな。

向田　やっぱりお味噌のにおいじゃないかな。でもこの間アメリカに行ったら、アメリカでは『将軍』のブームだからじゃないでしょうけど、お味噌と、お豆腐がすごいブーム。

鴨下　豆腐なんて味がわかるのかなあ。

向田　ノンカロリー、ノンファットということもあるんでしょうけど、白くて四角い形が東洋的でいいんですって。

鴨下　禅文化みたいな。

向田　精神がこもっているように思うって、豆腐は英語で bean curd って言うのね。bean は豆で curd は裏ごしして固めたもの。bean curd の人気はすごいの、専用のクックブックが出てるんですって。人に聞いた話だけど、豆腐でパイを作ったり、ケーキにしたり。

鴨下　うわあ、豆腐でパイを作るの？　気持ち悪いな。カッテージ・チーズみたいになるのかな。

向田　豆腐をくだいて、ドレッシングに混ぜて……考えただけでいやだわ。

鴨下　アメリカ人はいかにもやりそうだな。僕はなんでも食べてみたいほうだから、一度食べてみたい。

向田　私、遠慮します。（笑）

鴨下　豆腐はにおわないし。

向田　そこが empty でいいんじゃない？

鴨下　神秘的でね。ところで、向田さんは食べものでは何がいちばん好きなの？

向田　それはもう絶対、お米のご飯。それにかつお節とのりがあればいい。

鴨下　それでなんとか暮らせそう？

向田　あと、梅干しかな。

鴨下　梅干しも最近おいしいのがないから。

向田　見つけましたよ、和歌山のほうで。

鴨下　向田さんは見つけることにかけては天才だからね。

向田　今度おすそ分けします。

向田　鴨下さんはいわゆる両刀づかいですよね。

鴨下　ええ、お酒飲みながら和菓子を食べたりするので、みんなに評判悪い。（笑）

向田　私、いやだわ。まあ、ブランデーを飲みながら、小さいチョコレートを食べるのはおいしいと思うけど。

鴨下　日本酒で、ようかんは妙にうまいものですよ。

向田　どうかしら。

鴨下　フランスではお菓子用のワインがありますから。

向田　だいたい、お菓子のおいしい国は料理がうまい。まあ、料理のおいしい国はお菓子がおいしいという言い方でしょうけど。日本でも茶の湯が発達したところは、お菓子がとても洗練されている。松江、金沢、名古屋とか富裕で優雅な殿様がいた城下町では。

鴨下　外国にもいろいろお菓子があるけど、日本のお菓子はやっぱり発達してるね。

向田　おいしいし、色や形がとてもきれい。あんなお菓子はちょっとないですよ。アメリカ旅行に干菓子を持っていったら、喜ばれました。干菓子は太らないし。（笑）

鴨下　いや、太るよ。

向田　太るかしら。でも量が少ないから。

鴨下　それもそうだ。

向田　谷崎潤一郎さんの『陰翳礼讃』に出てくるようかんの話はご存じ？

鴨下　いや。どんな話？

向田　谷崎さんの文章を引くと、「羊羹の色あいも、あれを塗り物の菓子器に入れて、肌の色が辛うじて見分けられる暗がりへ沈めると、ひとしお瞑想的になる。人はあの冷たく滑かなものを口中にふくむ時、あたかも室内の暗黒が一箇の甘い塊になって舌の先で融けるのを感じ、ほんとうはそう旨くない羊羹でも、味に異様な深みが添わるように思う」というんですが、日本家屋の客間や茶の間の、ほの暗い、薄明かりの中で、その闇と光の陰翳《いんえい》が一切れのようかんに収斂《しゅうれん》していくというくだりは、すばらしい。

鴨下　それは、すばらしいなあ。

向田　今は、障子を通した月明かりとか、部屋の中のほの暗さがなくなったでしょ。どの家も蛍光灯の光で、アルミサッシの窓に色つきのケバケバしいカーテンの部屋で、ようかんを切っても情緒はないわね。

鴨下　変な話だけど、棹物《さおもの》が和菓子屋さんですたれぎみなんだって。

向田　棹物って言い方もしゃれてると思うわ。若いかたはもうわからないかもしれないけど、ようかんを一本買うのを、一棹《ひとさお》買うって言うのね。でも、棹物のようかんというのは、パチンコの景品で取ってくるようなのじゃなくて、もっと持ちおもりがして、どしんと重くて、竹の皮に包んであるようなものだって気がする。

鴨下　重いんですよね、凶器にもなる。（笑）

向田　そう、そう。ぶん殴られたら、ちょっと参っちゃう。今のようかんはぶたれても平気ですよ。

鴨下　ふにゃっとして。

向田　虎屋の、二五〇〇円もするようかんだったら、確実に脳は陥没するわね。

鴨下　「夜の梅」殺人事件とか。（笑）

向田　虎屋のようかんにはいい名前もあるわね。

鴨下　日本の歴史を考えてみると、衣食住のなかで、食生活がいちばん変わったでしょうね。

向田　一昨年のお正月に『源氏物語』を脚色していて、いちばん気になったことは、光源氏がどんなものを食べていたのかってことで、専門家のかたに献立表を作っていただいたの。それで仰天したんです。

　光源氏は今の収入にすると年収何十億なんです。巨大な屋敷に住んでいて、機《はた》を織る人、塗物を作る人、履物を作る人など大人数が住んでいて、大城主みたいな暮らしをしているわけですね。それで何を食べたかっていうと、夜は七、八品つくんです。玄米か黒米のご飯と、干した魚、大根なんかをちょっと煮たもの、煮たといっても塩味でね。たまには鹿の肉をあぶったもの。それからいちばんのご馳走が、甘葛《あまずら》というんですが、甘いお汁ですね。干しあわびなんかつくのは一年に何回かぐらい。今から考えたら貧しいですよ。

これだけ貧しい食生活をしている人は、私の身の回りを見てもちょっといないぐらい。
鴨下 それにしては、元気に次々と女のもとへと通いましたね。
向田 おそらく光源氏はかなり丈夫な人だったろうとみんなで話したんです。ひびあかぎれもせず、栄養失調にもならず、五十いくつかまで生きたんだから、ずいぶん頑丈《がんじょう》だったと思うわ。
一般の人が当時何を食べてたかというと、これはもうかわいそうの一語に尽きるわね。だから病気になると、すぐ死ぬ覚悟をするんですよ。早く死んで極楽浄土へ行きたいと願うの。なぜそんなにあきらめがいいかと思ったら、食べものに楽しみがないのと、娯楽がなかったってことでしょうね。テレビがなかったのも原因ね（笑）。これはうぬぼれかな。
鴨下 極楽浄土もいいけど、あそこでどういうもの食べてるのかが、何も書いてないんだよね。
向田 そうね。蓮《はす》の花の上で昼寝をするそうだけど。
鴨下 だから僕はとっても不愉快で、なるべく長生きして、いいものを食べたい。
向田 長生きしますよ。そういえば、乳幼児の死亡率が減って人間が長命になったのは、瀬戸物の食器で食事をするようになったからなんですって。木の皿で、木のスプーンで食事をしていた頃は、食器にバクテリアが発生して、つまり残りかすが器の中で腐敗発酵して病気になりやすかったのね。
鴨下 いい洗剤もないし。
向田 瀬戸物だとバイキンがしみ通らないらしいのね。それで食文化がずいぶんと改善されたのは本当でしょうね。
鴨下 食べものの話をしていると、昔からこうだったみたいについ錯覚しがちだけど、ものすごく最近のもの、現代そのものだってことですね。
向田 私もそう思う。食べものはファッションよりも、ある意味でナウかもしれない。桃太郎なんかはキビだんごで、犬、猿、雉《きじ》をつったんだから、今とは大違い。
鴨下 あの程度でつれたんですからね。今だとチーズケーキとか。（笑）
向田 うちの犬や猫も、キビだんごじゃ動きませんね。
鴨下 動物も、うまいものを食わせると、すぐそっちのほうへ行って、まずいものには見向きもしないって言いますね。
向田 そういう説もありますね。でも動物は生まれてから二、三カ月以内に食べたものをおいしいと思うんですって。これは学説があるんです。
鴨下 人間もそうかな。
向田 動物の二、三カ月というと、人間では七、八歳ぐらいかしら。うちの猫を見ていると、二、三カ月から半年ぐらいに食べたものしか食べませんね。

鴨下　でも、僕なんか疎開してて、食べものの不自由な時代に育ったから、そのときに食べたものって、たいがい嫌いだな。
向田　私も嫌いよ。いやだけど、どこか気持ちの中に、疎開前にお母さんが作ってくださったおみおつけとか、ご飯とか、お煮しめとかが残っているんじゃないかしら。
鴨下　それはあるかもしれない。
向田　私も、すけそうだらとか、かぼちゃは嫌い。
鴨下　僕はじゃがいもと、里いもが天敵。恨みに思ってるから、見るとショックを受ける。
向田　私は二〇代はビフテキ、三〇代はビーフシチューが食べたいと思った歴史があるの。でもその頃、父なんか、おそばが好きで、天ぷら、おすしが好きだったの。なんて田舎っぺだろうと思って恥ずかしかった。ところが最近になって、好きなものがそういうものになったのね。年のせいもあるんだけど、恥ずかしいけど、だんだん親の好みに似てくるみたい。
鴨下　そういうものでしょうね。
向田　たとえば、私が死にそうになったときに、トーストとチーズなんかいらない。やっぱり梅干しのおかゆがいいわ。
鴨下　あ、ほんと。
向田　あと、かつお節と。
鴨下　じゃあ、御仏前にはそれを供えて。
向田　御仏前はいいわよ。（笑）

（「話の特集」1981・5・1／『向田邦子全対談』）

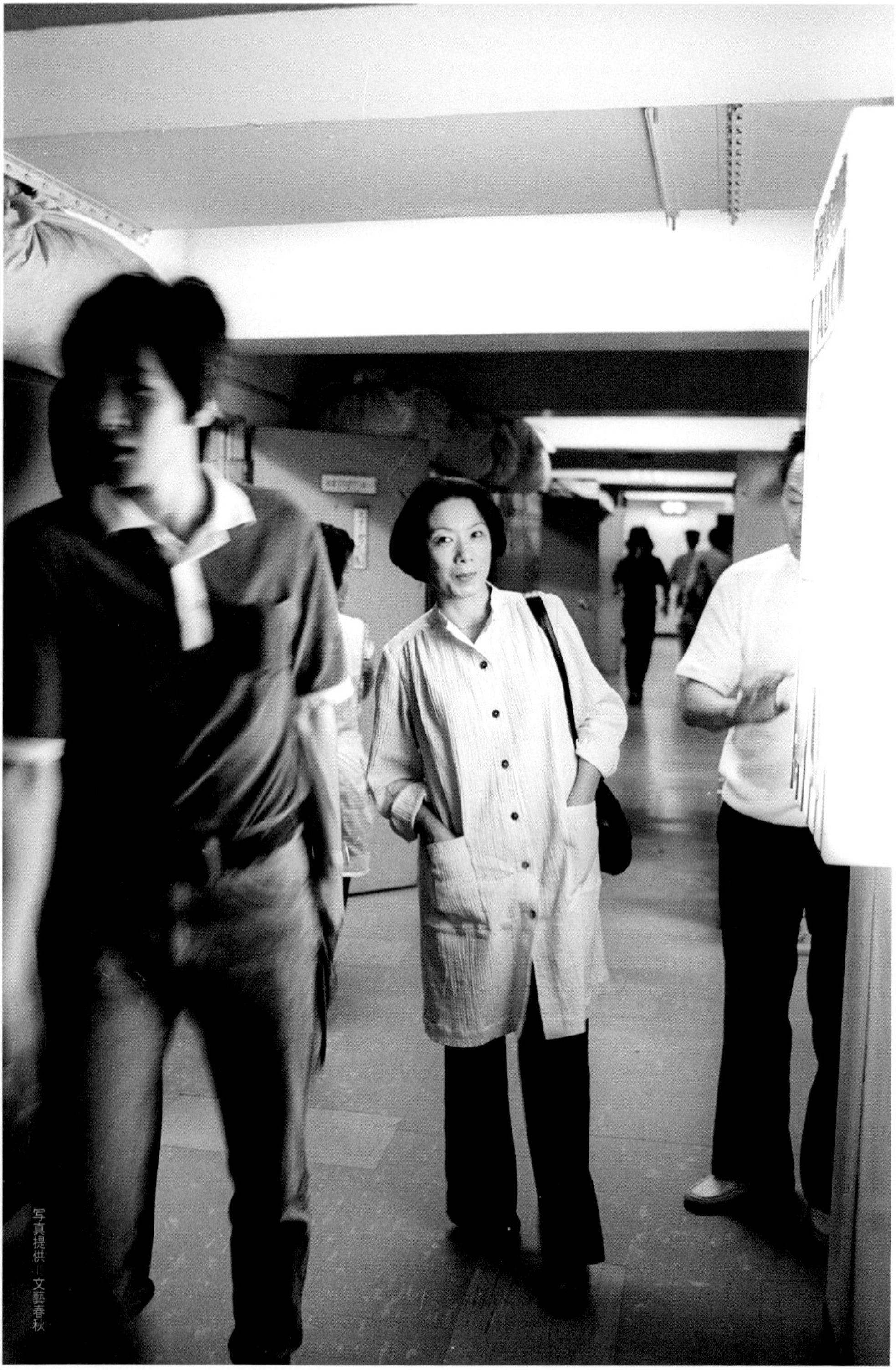

写真提供＝文藝春秋

単行本未収録エッセイ

声なき声が語る

男の告白

一九六八年の夏は、日本男児にとって、極めてしのぎにくい夏になりそうです。あぐらをかきたくても、リビングルームの三点セットでは、ヘタすると椅子ごとひっくりかえりますし、今晩あたり、冷やっこで一杯と思っても、新調のカクテルドレスまがいのうすものであらわれた恋人が、ホテルのバーでカクテルがいただきたいわ、とおっしゃれば、ヤダヨとはいえません。日本男児は奥歯をかみしめながら、物の本に書いてあるエチケットを守るべく、腋の下に汗をかいています。思えば、いつからこんなことになったのか。男たちの脳裏には、傍若無人にふるまっていた、かつてのおじいさんやおやじさんの姿が、一瞬浮かんでは消えたにちがいありません。

このような、エチケット的耐乏生活をしているのは、ひとり日本男児だけではありません。文明国に生れたオスの宿命です。しかし、西欧人には二千年の伝統があるのにひきかえて、わが日本男児のレディ・ファーストの歴史は、たかだか二十年にしかなりません。女の腕をとるしぐさひとつにしても、目の青い連中のそれはバレエの白鳥の王子の如く芸術的ですが、わがナントカ君のそれは、年に一度の盆踊りのごとく、まだまだユーモラスでぎこちないのです。けれども、やはり日本男児はえらいものです。何事も女をたて、おおっぴらにデイトできる自由を取りつけたから、まあいいや、とあきらめたのでしょうか、決して、愚痴はいいません。まして、昭和のフタケタ生れのヤングマンは、昔はよかったといいたくても、古きよき時代は自分の経験にないのですから、生れたときから飼われている飼犬のように、従順に、現代のしきたりという名の鎖につながれているようです。

しかし、時として、女は、男たちの背中や、目や、低いうなり声に、ことばにならない告白を聞いてしまうのです。イタリアの諺《コトワザ》にもいっています「沈黙こそ最上の告白なり」。

これにくらべたら「実はねえ、オレさあ…」「ほんとのことというと、ボク、あの…」などということばは、セリフの入った歌謡曲のレコードのようにそらぞらしく聞えます。

そこで、ある日あるとき、男がふっと見せる、素顔の喜怒哀楽、即ち、男の声なき告白をきいてみようかと思います。手はじめにパチンコ屋へ入ってみましょうか。

たくさんの男の背中がならんでいます。

「名もなく貧しく金もなく、
うちへ帰ってもクーラーなし、
もひとつついでに彼女なし」といっている背中があります。

「なにやってもうまくいかないの。ほっといて」スネている背中です。

「わかってんだ。でもさ、もう三十分だけやらせてよ、ね」といいわけしている背中にも気がつくでしょう。

パチンコは、日本男児のマシン・ガンです。やりばのない怒りや悲しみを、現代の〝クライド〟は銀色のまんまるい連発銃のひきがねを引くことで、まぎらしているのです。

男がなぜゴルフや野球などの球戯に熱中するか――これについて面白い意見をいった人がいました。

まるいものは、男にとって、あまえられるお母さんだというのです。子供の頃、しゃぶったり、噛んだりしたお母さんのおっぱいなのです。やがて男の子は、ビーダマであそび、横丁野球に熱中し、アンパンをたべ、ふっくらした女の子のお尻にドキドキして、おとなになるというんですが。カンケイないかな?

とにかく、男の背中――首から肩にかけての曲線と表情は、女の子のようにサイズで勝負こそしませんが、もっと雄弁になにかを告白していることが多いものです。

モンティ・クリフト、ジミィ・ディーン、古くはゲーリー・クーパーなどという男たちは、背中の告白演技で女心をくすぐってスターになったといってもいいすぎではないでしょう。たくましい背中が、ふとみせる恥じらい。日頃はたよりなげな背中が、時にのぞんでみせる雄々しさ。そういう表情を見のがさない女性は、たとえ絶世の美女とは縁遠くても、恋をつかむ女ではないでしょうか。

男の手。

無口な男でも、手はなかなかおしゃべりなものです。ホテルのダイニング・ルームで、フルコースを食べる男の手。物馴れた様子でナイフとフォークを扱っていても、手は、こんなことを呟いています。

「こうシャチほこばって食べたんじゃ、ものの味も判んないや。あとで駅前のやきとり屋で口直しをしよう」

葉巻を吸っている男の手も正直です。

「やっぱりハバナのは香りがちがうよな」なんて嘘ばっかり。キミの右手は恥かしそうに「ボク、葉巻吸うの今日がはじめてなんです」って白状しているじゃないの。

それにくらべて、お茶漬屋、おにぎりやで割りバシを割る男たちの手の、なんとリラックスしていることか。手がゆるむと、足ものん気になるとみえて、こういう店でみかける紳士方は、カルダンのネクタイや、ロンソンのライターに関係なく、オミアシは、純日本的な、ややハレンチながらマタ開きです。手と足が声をあわせて、「ああ、うめえ。これにかぎるよなあ」と叫んでいるようにみえてきます。男の手は、いえ、女の手もですが、手は口ほどにものをいいます。私に金持の叔母さんがいて、一億円ばかり遺産をくれたら、男の手と女の手だけで、映画をつくりたい。

男の声。

これも、もうひとつ、心の耳を澄すと、フシギなオーケストラをかなでていることに気がつくものです。しゃれたスナックで、

「ボク、音楽はバロックしか認めないな。特にクレル!!　絶対だな」なんていうときの彼の声は、マリオ・デル・モナコのようなオペラ声です。気のせいか、鼻も五ミリほど高くみえたりします。

ところが、翌朝、彼は、おとといのGパンをはいて、車を洗っています。口ずさむ歌は

「ゆうべのことは、もういわないで……」

「押してもダメなら引いてみな！」

とポンとドアを引いたりしていることが多いものなのです。

そして、よく耳を澄すと、こんな声も聞えてくるんじゃないかしら？

「義理と人情は涙が先よ…」「しびれるなあ、高倉健さん。オレ、スパゲティもいいけどさ、本当ンとこいうと、ヒジキと油あげの煮たので、メシ食いたいんだ…」

「独リヲツツシム」とおっしゃったのは孔子さまですが、一人でいるときのハナ唄と口笛は、そのまま男心の告白ソングです。ゆめゆめ聞きもらすべからず。でも、このへんで、お下品ね！　などといってはなりません。下品も品のうちといいます。女だって、一人のときは、「モーツアルトが好きですの」という口の下から、都はるみ風にうなっているじゃありませんか。

男の目。

丸いの細いの三角に上三白眼。摩周湖みたいにすごいアラン・ドロンから、お米粒のように可憐な渥美清サンのまで、十人十色です。そして大小美醜に関係なく、くちびるより率直に日本語をしゃべるものです。

嘘だと思ったら、スティーブ・マックィーンの目をみてください。彼の目は英語ではなく、日本語で、あなたに語りかけてくれるでしょう。

映画雑誌をめくっている男性に「お好きなスターはだあれ？」とたずねてごらんなさい。「オードリー・ヘップバーンなんかいいすね。あの知的なムードがたまんないなあ」なんぞといいながら、目は、アン・マーグレットやフェイ・ダナウェイの部分部分の上を、チラチラと泳いでいるのです。

いかがです？　こうながめてみると、〝ことば〟がいかにあてにならないものか、お判りになったのではないかしら？「私はだまされました。どうしたらいいでしょう、私のとるべき道をお教えください」と身の上相談をしてくる女の子は、きっと、男の背中や目の告白を見たり聞いたりしないで、あてにならない日本語だけを信じてしまったのでしょう。

男の背中は、目は、手は、こんなことをしゃべっているものです。

「オレ、そんなグラマーでなくてもいいから、やさしい人がいいな。ライスカレーにソースじゃぶじゃぶかけても、だまって笑ってみててくれるようなひと……」「オレもだな。足なんかポッテリして、お尻も大きくたっていいんだ。えらそうなことといわないで、ちょっというと、泣いちゃうような、そんなひと、いいな……」吉永小百合さんや池内淳子さんの人気は、もしかしたら、このへんにあるのかなと思います。男の視線は、ブランディグラスをエレガントに掌に包みこむレディよりも、やなぎがれいを上手にむしったりする手に、注がれているようです。

そんならそうとハッキリいえばいいのに。男って臆病でみえっぱりで——だから女々しいっていわれるのよ！　なんて思わないでおきましょう。お汁粉にほんのちょっぴり塩味が必要なように雄々しく男らしくあるための、これは薬味なのかもしれませんからね。

それに、よく考えてみれば、背中や視線で告白をしているのは、なにも男に限ったことではありません。女だって、いいえ、女こそ、ひとすじのおくれ毛や、まばたきで、いろいろと告白をしているのではないでしょうか。

そして、心ある男たちは、それに気づいていながら、気づかぬふりをして、だまされたふりをしてつきあってくれているのです。こうなると男と女の勝負は五分五分です。

「面倒くさいなあ、いちいち背中みたり、目のぞきこんだり」なんてボやくようでは、あなたは、メス狼以下ですよ。なぜなら、狼は、シッポのふりかた、たてかた、曲げかたで、何と九つの感情表現をすると、物の本に書いてあります。デリケイトなものです。メス狼は、それだけで、ちゃんとボーイフレンドの気持を理解しているのです。それにくらべると人間はナマケモノです。なまじことばというい加減な告白の道具があるために、かえってレーダーが退化しかけているのでしょう。私たちはもういっぺん自然にかえって、裸の男たちのナマの告白に、素直に耳をかたむけてみようではありませんか。なんていうと、男たちの肩は、ひょいとすくんで、こう呟くんじゃないかしら？「あんまりじろじろみないでくれよ……」

（「花椿」1968・7・1）

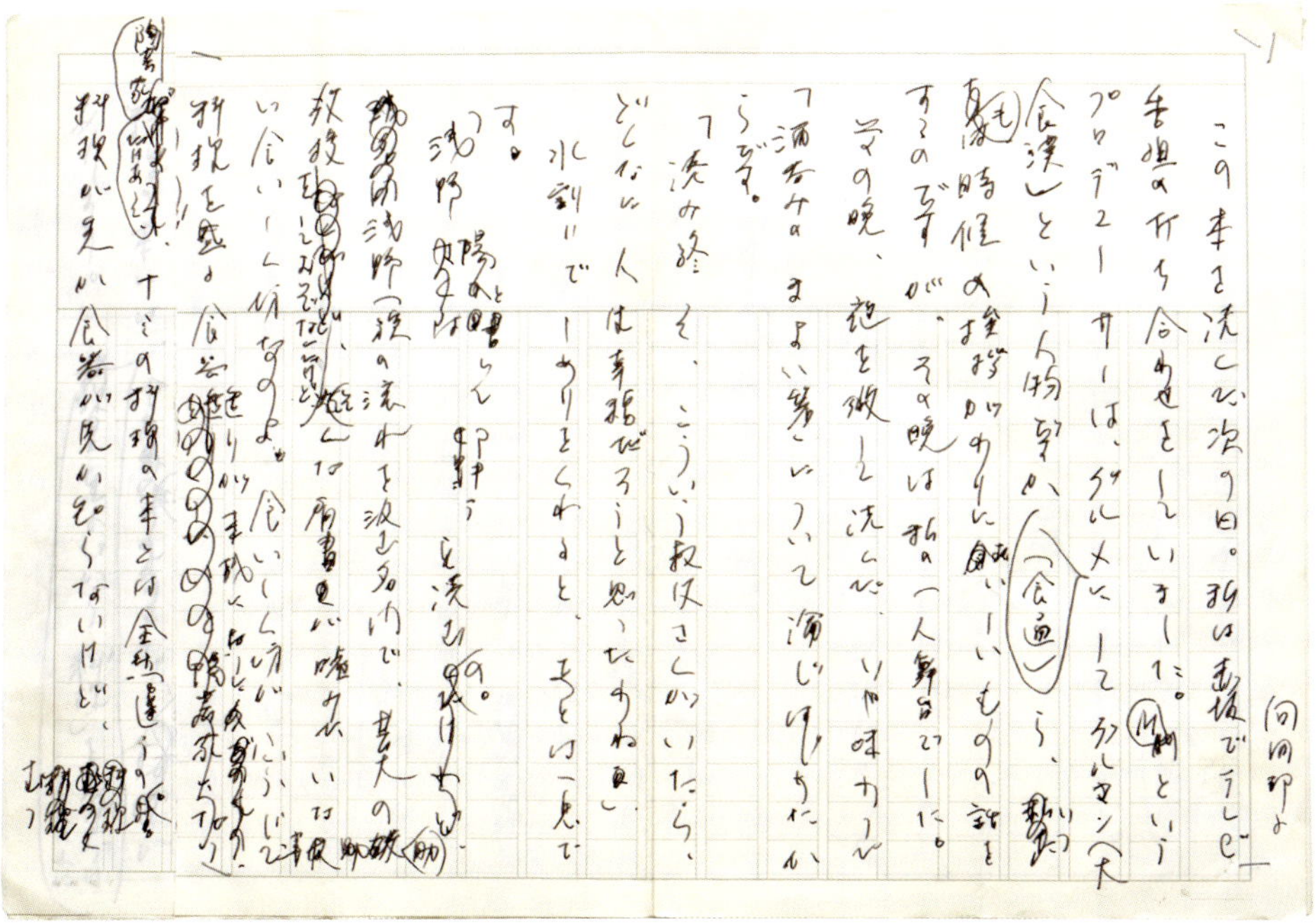

「書評　酒呑みのまよい箸」自筆原稿。美味しいものに出合うと誰かに紹介せずにはいられなかった
写真＝高比良有城　かごしま近代文学館所蔵

書評　酒呑みのまよい箸

浅野陽［著］文化出版局刊

この本を読んだ次の日。私は赤坂でテレビ番組の打ち合わせをしていました。Mというプロデューサーは、グルメ（食通）にしてグルマン（大食漢）という人物ですから、いつも時候の挨拶がわりにおいしいものの話をするのですが、その晩は私の一人舞台でした。

　前の晩、夜を徹して読んだ、いや味わった「酒呑みのまよい箸」について論じはじめたからです。

「読み終って、こういう叔父さんがいたら、どんなに人生幸福だろうと思ったわね」

　水割りでしめりをくれると、あとは一息です。

「浅野陽と書いてアキラと読むの。浅野一族の流れを汲む名門で、芸大の助教授をしておいでなんだけど、そんな肩書が嘘みたいな凄い食いしん坊なのよ。食いしん坊がこうじて料理を盛る食器造りが本職になった陶芸家だけあって、ナミの料理の本とは全然違うの。料理が先か食器が先か知らないけど、むっくりと土の色があたたかそうな大皿に大輪の紅椿の花弁を置いて、その上に鳥レバーの赤葡萄酒煮とヘギ柚子をのせた写真なんか、ページをあけた途端息をのんだわね」

「ピータンの茶巾絞り、知らないでしょ。大根の刺し身、こんにゃくのスープ煮、牛肉の氷しゃぶしゃぶ――料理が個性的だけじゃないの。その語り口といったら」

　もどかしくなって、急に立ち上りました。

「ちょっと待ってね。本も買ってくる」

　あっけにとられている相手を残して、エレベーターで五階から下へおりました。どうしても実物を見せたくなったのです。赤坂には夜の十二時まであいている書店があります。あと九カ月で五十歳になる女に、夜の赤坂をマラソンさせるだけの魅力がこの本にはあるのです。

いつも不思議に思うことですが、男の書いた料理の本には、生れながら「料理」を義務づけられた女にないものがあります。

ゆとりや遊び・詩・ユーモアが、焙り出しのように浮かんでくるのです。行間から、思いがけなく気難しい男の顔が見えることもあります。料理の本と思いながら読んでいると、みごとな随筆を読んでいることに気がつくのです。

例えば、「茄子のへたの胡麻和え」のところ。

「（五人前の）へたの胡麻和えをつくったあとには、（へたのない）十五個の茄子がポツンと取り残されたわけです。しゃべることのできる人間さえ無常を感じる秋です。口もきけない秋茄子が感じないはずはありません。それを癒《いや》す道は、鴫《しぎ》焼きや田楽で丁寧に葬ってやることです」

私はこの一冊をこの次生れたら、こういう風に生き、こういう風に食べたい、という理想の青写真として眺めました。ページの間から立ちのぼる小田原の風の匂いをかぎながら、のんびりした歳時記と、こまやかな、それでいてしたたかな人生論をおなかいっぱい味わった思いがしました。巻末の献立帳二百八十品をどれから先に作ろうかと迷いながら。

（「週刊文春」1979・3・15）

解説　おんな舞台

半村良［著］文春文庫

小学生の時分、近所に一軒のカフェがあった。カフェといったところで、目黒である。それも住宅街から表通りへ抜ける途中の、八百屋や魚屋、下駄屋のならんでいるゴミゴミした一画《いっかく》にある素人《しろうと》くさいものだったが、戦前のことであったし、子供の目にはそこだけ空気が違って見えた。

学校のゆき帰りには必ずその前を通った。いつもドアが閉っていた。その頃、私は、「グリム童話集」を卒業して「千夜一夜物語」をあてがわれていたが、こっそりと母の「主婦之友」を盗み読みしていた。このカフェの中には、「主婦之友」にはないなにかが、「千夜一夜物語」の中にあるなにかがあるような気がしていた。

カフェの閉ったドアの前には、泥よけマットと一緒に洗った下駄が、チビた裏を見せて干してあったりしたが、「そんな筈《はず》はない」「こんなものではだまされないぞ」と思っていた。

このドアが一度だけ開いていた。背もたれの高い木のベンチが並んでいた。真昼間のせいか期待に反して妙に殺風景に見えた。

「汽車の中みたいだな」

と思った覚えがある。

「開けゴマ」の喜びよりも、拍子抜けした方が大きかった。お子様ランチをあてがわれたような、どこかでだまされているような気がしていた。ほんものを見せていただいたのは、半村良氏の「新宿馬鹿物語」の一連の作品である。

別にタネも仕掛けもありませんよ、というような、さらりとした語り口で教えていただけたのである。

さらりとした語り口なのに、女たちの生ぬくい息遣いや、少し汚れた白足袋の先が見えてくる。客としてカウンターに坐る客には、特に女の客には絶対に見せない、化粧を落した「こころ」を見せてもらった。

子供の頃、気になって仕方がなかった開かずのドアの向うは、私にとっておとなであり、男と女であり、夜であり、人生であったようだ。

小説の読み方としては邪道と思うが、女の読者にとってたのしいのは、男の作家がどれだけ女を判っておいでか品定めすることである。

大上段に振りかぶって、声高《こわだか》に語る作家は、女には不人気である。あまりに美化されるのも居心地よくないし、妙にいじめられるのも嫌なものだ。

「おしまいに『ですのよ』とくっつけりゃいいってもんじゃないのよ」

などという下世話《げせわ》な声も聞えてくる。

この点で半村氏は名手である。

女でも気のつかない小さな糸口をみつけて、スルスルと話の毛糸をほどきはじめる。気がつくとセーターは着たままほどかれてしまっている。

女の精神は、どんな名医でも解剖出来ないと思っているが、こういう名人の手にかかると、血も流さずに腑分《ふわ》けをされてしまうようで、いっそ小気味がいいのである。

――口もきけない様子でぐったりと体をのばし、ときどきひくりと痙攣《けいれん》して見せればいいのだ。

――ときどき怯《おび》えたような瞳の色を作って――

（「うそつき晦日《みそか》」）

大体「うそつき晦日」という題からして辛口《からくち》だが、こう見すかされてしまうと、あとは催眠術にかかったようなものである。

女を描ける作家は、例外なくセリフがみごとである。私はテレビの脚本を書いて身すぎ世すぎをしている人間だが、三日に一遍《いっぺん》ぐらい、どうにも気持の弾まないときがある。歌を歌ってみても体操をしてみても、体がズーンと沈み込んで前へ進まない。

そうなると正直なもので、ドラマの登場人物たちも不機嫌になる。物臭《ものぐさ》になり坐って理屈ばかり言うようになる。セリフも粘って切れが悪くなる。

そういう時、私はソファに引っくりかえり何人かの作家の小説をペラペラとめくって、精神賦活剤《ふかつざい》にさせていただいている。半村良氏もその中のおひとりであるが、この短篇集の中にも惚《ほ》れ惚《ぼ》れするような何行かがある。

「縫いはじめればすぐにできちゃうけど、あの着物は億劫《おっくう》なのよ」

「どうして」

「ヘラが見にくいのよ」
（「焙烙《ほうろく》」）

こうなると、あとは楽に出てきそうな気がしてくる。

店が終ってからホステスがタクシーに乗り込む。

——ハンドバッグから煙草《たばこ》をとりだして咥《くわ》え、火をつける。何度か旨《うま》そうに吸うと運転手が喋《しゃべ》りかけて来た。

「煙草が吸えないお店だね」

「あら、判るの」

「そりゃそうさ。毎晩あんたがたを乗っけてるもの」
（「いろとりどり」）

下手を承知で、このあとをつづけて書いてみたくなってくる。ところが、作者の名人芸は、この少しあと、こうつづくのである。

「……酔っぱらいを乗せると窓が曇るんだ」

「へえ、そうなの。どうしてかしら」

「やっぱり体があったまってるんだな」
（「いろとりどり」）

夜ふけの盛り場から、毎晩酒の匂いのする客を乗せ、東京の街を走る運転手の肩や背中が見えてくる。

「里子、ことし幾《いく》つだ」

「いやねえ、いきなり」
（「いろとりどり」）

なんでもないように見えるが、なまやさしいセリフではない。「いやねえ」までは書けるが、「いきなり」とつづけられるのは、女を知り、女の職業、女の気持に通じたひとであろう。

こういう男と女の群像を、救世軍でもなく、さりとて共犯者でもなく、一緒に雑魚寝《ざこね》をしているかにみせながら、実はひとりだけ醒《さ》めていて語ってくれるのである。どの女のひいきもせず、自分をことさら大きくも見せずに。

このあたたかさと冷たさ、したたかさは、春画《しゅんが》の隅に控えている大豆右衛門《まめえもん》に似ている。

どの作品にも言えることだが、私は、この作者のムキにならない、めいっぱいの言葉を使わないところが好きである。

ごく当り前の言葉でありながら、短くてさりげない言葉を脱がすと、その奥に意外に骨太の、肉置《ししお》きたくましいものがあらわれてくる。着やせしてみえるので、油断をしてしまうが、ひと皮めくると、恐ろしい作品が多い。視線の低いところもいい。

――まだ新制にはなっていなくて、だから最上級生は五年生であった。夏ごろ自分たちの校舎へ移ったが、運動場を駆けまわる上級生の脛《すね》に生えた黒い毛を見て、てっきり先生だと思い込んだことがあった。

なんで今日は先生がこんなにたくさん集まっているんだろう……。一年坊主の私はそう思ったが、それは五年生の体操の時間だったのだ。


（「屋根の上のマッカーサー」）


山を見ないで、下草を見ている。

クライマックスよりも、そこへゆく小さな曲り角のためらいや、自分でも気のつかない駆引きを、この作者は、生き生きと描き出す。

どの作品にも神や仏は見えないが、私には、「もののあわれ」を織りつづった浮世の「曼陀羅《マンダラ》」に思える。仏が悟った菩提《ぼだい》の境地であり、見る人すべてが心に悦楽を感じるというのが曼陀羅である。悟っておいでなのは、作者である。

「おんな舞台」を読み、みごとに料理された自分たちの性《さが》に、いっそ小気味よいものを感じて、読む法悦境を味わうのは、私たちなのである。


（「おんな舞台」文春文庫　1979・10）

前略　倉本聰様

前略倉本さま

　久しぶりにお目にかかって、ふた廻りも大きくなられたのに驚きました。黒いサングラスでホテルのロビーを横切ってこられたところは貫禄充分、放送作家というより倉本組の代貸しです。

　あなたのドラマの常連ピラニア軍団の室田日出男や川谷拓三と並んでテレビのＣＭにお出になったら一番恐持《コワモ》てするのはあなたではないかと思いました。

　ところで親しき仲にも礼儀あり

　セリフやト書きには人一倍うるさいあなたのこと、粗相があっては大変と、柄にもなくメモなど取り出して身構えたのですが、あなたのお答はまことに明快でありました。

五つのときはなにしていらした？

――ぼんやりしてた。

十歳のときは？

――山形へ集団疎開してた。

十五歳のときは？

――ハモニカ吹いてた。

二十歳のときは？

――浪人してた。

作家生活十四年。

書いたドラマは一千本。

増えた目方は二十キロ。

　一千本の中には芸術祭優秀賞や毎日芸術賞など、数々の賞に輝く名作も多く、受け取ったトロフィーの目方も二十キロを超えるものと思われます。秋さばではありませんが、今や目方も脂も乗り切って、向うところ敵なしの倉本聰と思いきや、何と――

「幽霊と雷がおっかない」

とおっしゃる。

雷が鳴り出したら蚊帳《カヤ》をつって、（この蚊帳も古典的なミドリ色で、取手のところに赤い布がついてなくてはいけないのです）もぐり込みたいけれど、モダーンなお住いの悲しさで、蚊帳がつれない。仕方がないので、鉛筆をおっぽり出して、部屋のまんなかで震えているというのですから嬉しくなります。

出来る料理はひとつもなし。

パンツも洗ったことがない。

女優で美人のほまれ高い夫人にかしずかれ、あなたに心酔する若い衆がいつも居候をしている――羨しいようなお暮しぶりですのに
「気を遣うと仕事にならないでしょう」

北海道に仕事場を持たれるとは、何と心やさしく、ぜいたくにしてきびしいお方かと感動してしまいます。

男に惚れ女に惚れ、役者に惚れ
女は気だてとやさしさ、
男は誠意、
とあなたはおっしゃってましたが、倉本ドラマには、たしかに男のやさしさとはにかみ、そして、あたたかさと心意気があるように思います。

「女の嘘だ。許してやりな」

「男にいたわりは不要です」

「それは――反《かえ》って――辱しめることです」

あなたのドラマには、男を酔わせ女の胸をうずかせるセリフがちりばめられています。近刊の倉本聰テレビドラマ集1『うちのホンカン』を、私は短篇小説集として読みました。あなたが顔を赤らめ、はにかみながら男に惚れ、女に惚れ、役者に惚れ、北海道に惚れているのが伝わってきます。

父を恋い母を慕い、涙もろくてそのくせ怒りっぽく、「俺のやな奴はね、偽物！　それから――偽物と本物の区別のつかない奴、本物になろうと思ってない奴、本物を判ろうとも思わない奴」

というあなたの怒りも聞えてきます。

この本を若い女性に読んでもらいたいな、と思いました。

これは美しい日本のことばの本です。

口説き文句のお手本になります。そして「男」を理解する何よりの手引きでしょう。

後略倉本さま

ご自愛の上これからも名作を。ただし目方だけはもう一キロもお増しになりませんように。

（「ａｎ・ａｎ」１９７６・11・５号／『喋る平凡出版38年のあゆみ』）

向田自身は「脚本は残しておかない」と語っていたが、
かごしま文学館には数多くの向田作品の台本が所蔵されていた
写真＝高比良有城　かごしま近代文学館所蔵

家族熱

一枚の写真があります。

四十年前のお正月に撮した、向田家の家族七人の記念写真です。

父は袴に威儀を正し、鼻の下には夏目漱石の出来損いのようなひげをつけて、そっくりかえっています。

三十歳になったばかりの母は、当時流行《はや》っていたんでしょう、髪を耳かくしに結《ゆ》い、半衿を大きく見せた着つけで、分厚いキルクの草履をはいて、びっくりしたような顔でうつっています。

陰気な顔をした祖母と、当時小学校三年だった長女の私をかしらに四人の子供が、笑うと父に叱られるので、拳骨をにぎり、懸命に笑いをこらえた顔で、ならんでいるのです。

私は、このセピア色に変色した一枚の写真を見ていると、不思議な感情にとらわれます。

明るいことだけ、楽しいことだけの家族ではありませんでした。父は不幸な生《お》い立ちのせいか、欠点の多い人で、理由もなく焦立《いらだ》ち、よく母や子供たちに手を上《あ》げました。嫁姑の陰気ないざこざもあった筈です。

台所で涙を拭いている母の姿をよく見ましたし、

「何度、うちを出ようと思ったか判《わか》らなかった。でも、お母さんが出たら、あと、お前たちがどうなるかと思って――」

という母の愚痴も、何べんか聞きました。私自身、

「ああ、嫌なうちだな」

とよく思ったものです。

ところが――

本当に嫌か?と聞かれると、嫌ではないのです。こ

写真提供＝文藝春秋

の写真を見ていると、辛いような、哀しくなるような、その分だけ懐しい気分になるのです。道を歩いていて、不意に家族に出逢った時に感ずる、あの恥しいような、当惑するような気持です。同じ目の形、鼻の形をした、見たくないものを見せつけられた――顔をそむけているくせに、白湯《さゆ》でも飲んだように、胸の中が温かくなったりする、あれです。

愛。家族愛。

いや、愛というには、少々苦味が強く、うっとおしい。何か適当な言葉はないかな、と思いながら見つからないままに日が過ぎました。

最近になって、辛口のホーム・ドラマを書かないかというはなしがあり、私は旧約聖書を考えました。そうだ、「ロトの妻」を書こう――。

ご存知の方もおありでしょうが、旧約聖書創世記第十九章「ソドムの滅び」の中に、ロトの妻のはなしがのっています。

悪徳の街ソドムとゴモラを滅そうとした主は、善良なロトとその妻、二人の娘に、

「逃れて汝の命を救え。ただし、うしろをかえりみることなかれ」

といいます。

四人は火と硫黄の降るソドムの街をあとに走り逃れますが、ロトの妻だけは、神の掟にそむいて、うしろをふり向いてしまうのです。

「ロトの妻は瞬時にして塩の柱となりぬ」

聖書はこう記しています。

一度は神の恩寵によって救われながら、ロトの妻はなぜうしろをふり向いたのか。死を、不幸を知りながら、どうしてふり向いてしまったのか。

「何度うちを出ようと思ったか判らなかった。でも――」

弟を背負い、私の手を引いて、門の外まで出ながら、結局は、ぐるりとそのへんを歩いて、赤く腫れた涙の目を冷やして、再びうちへもどったという母の言葉がよみがえりました。

その時ふっと――二十年前に神田の古本屋でみつけて、斜め読みにして納戸にほうり込んだ一冊の本が頭に浮かびました。

あの中にたしか、「ロトの妻」のことがのっていた――。

ウイーンの性科学者で、フロイトの高弟だったシュテーケル（WILHELM STEKEL・1868~1940）の書いた「性の分析・女性の冷感性Ｉ」に、たしかにのっていました。（エッチな本みたいですが、物凄く固いマジメな学術書です）シュテーケルは、ロトの妻が、うしろをふり向いた理由を、

家族熱（FAMILITIS）

であると分析していたのです。

家族熱。

そうです。私の探していたのは、この言葉だったのだと思いました。

シュテーケルは、「家族熱」には、二つのタイプがあると定義しています。

Ⓐ愛のタイプ

Ⓑ憎しみのタイプ

前者Ⓐは、家族に、家に愛着し、誕生日や命日など、家の行事を大切にします。家の心配ごとを一身に背負いこみます。

進歩的な考えを持っているにかかわらず、過去を好みます。

「まだ覚えてる？」

「ほらあの頃のこと。思い出さない？」

が口癖です。

従姉妹《いとこ》と結婚したりするのは、このタイプです。

後者Ⓑは、反対で、いつも家族に批判的です。あざけり非難し、反抗し、家を捨てたりします。

新しいものを求め、古い友人を捨て去ります。手紙も保存しないし、日記もつけません。自分の気に入らないものは忘れてしまうという天賦の才を持っています。それでいて、家族に対して訴訟を起したりするのもこのタイプです。が、ひっくりかえせば、それだけ熱く家族に執着しているのです。

Ⓐが家族に肯定的に固着しているのに対して、Ⓑは否定的に固着しているに過ぎません。

あなたはどちらのタイプですか？

どちらにしても、人間は、大なり小なり、終始家族に無関心ではあり得ず、また逃れられず、愛と憎しみ

の間を振り子のように揺れながら、家にしばられているのでしょう。

人生の重大な局面、危機に際して、家族、つまり過去に対する執着を断ち切れず、うしろをふり向いて滅びた女は、ロトの妻だけではないのではないか？ 現代に於ても生きているのではないか、と考えました。

例えば結婚。そして離婚です。

父を愛しすぎたために、夫を愛せず、初めての夜に失望するジャンヌ（「女の一生」の主人公）は、そのまま、「家族熱」の高熱すぎた悲劇といえるでしょう。

生まれ育った実家を愛し、事あるごとに夫の家を比較して不和を招く例も聞いています。

離婚の例となると、もっとはっきりしています。最近、日本でも増えており、六組に一組は終りを全うしないとさえいわれます。

現実には、思いとどまるまでも、一度も離婚を考えない夫婦は皆無でしょう。

恋も結婚も大仕事ですが、離婚はもっと大事業です。しかも、それによって幸福になるのはもっと大変なことなのです。

家族熱を冷却して、決心したら、もううしろをふり向かず、未来へ向って走り出すことの出来る者にだけ、その資格があるのです。

うしろ向きの視線（これもシュテーケルの言葉です）は、しばしば女を不幸にするのです。

全身全霊で家族を愛したい。

しかし、イザという、その時が来たら、見きわめたら、キッパリと自分の家族熱を冷《さ》ますことの出来る――そういうサーモスタットを持った女は、どんな時にでも幸せをつかむタイプなのでしょう。思ってもなかなか出来ないのが、人間のかなしさであり面白さなのでしょう。

長い間、漠然と探していた「家族熱」という言葉にめぐり逢い、私は、このテーマでいまテレビドラマを書いています。

「家族熱」という言葉は、まだ日本の辞書にはのっていませんが、家族というのは、あります。

家族＝血縁によって結ばれ、生活を共にする人々の仲間で、婚姻によって成立する社会構成の一単位
（広辞苑）

ニュー・ファミリーと呼ばれても、この部分だけは変わらないのでしょう。この不思議な人間集団の、体温計では計《はか》れない「熱」を、考えてみたいと思っているのです。

（「クロワッサン」1978・8・10／2巻10号）

ごあいさつ

中川一政先生の米寿のお誕生日を祝う会

若輩で、ご縁の浅い人間が、お歴々にまじりましてご挨拶をさせていただけるのは、この十五年この方大変先生をお慕いして、尊敬しているこの気持を、お世話役の方が見かねて下さったんだと思ってお礼申しあげます。ありがとうございます。

この間、先生に迫ったんでございますけれども（註・『週刊朝日』1980・12・12号、連載対談84「女が迫る」のこと）とんでもないことで、見事にしょい投げを食らいまして歯も立ちませんでした。先生は、歯は入れ歯なのかよくわかりませんが、私は歯は丈夫なつもりでございますけれども、とても歯が立ちませんでした。

そのときに、私は先生のアトリエに朝日の方とお邪魔をしたんですけれども、大変不思議なものを見かけました。それは先生のお部屋の椅子の背中に、ビニールの紐でつるした陶印が下がって、くくりつけられてあったんです。これは幾ら考えてもわかりませんで、ひょっとしたらお孫さんたちがおいたでもなさったのかなと思ったんですけれども、念のために「これは何ですか」と伺いましたらば、先生は「これはぼくがやったんだ」とおっしゃいました。

「地震のときに、どれくらい揺れるかためしているのだ」。

もう私はあきれ返ってしまいまして「どれくらい揺れましたか」とお尋ねしましたら「残念ながらまだないのよ」。

これは小学生か中学生のすることだなと思いましてあきれましたけれども、後になって大変感動いたしました。私は、先生の年の半分プラスちょっと上でございますけれども、もうそういうみずみずしさ、好奇心はなくなっておりますこれはちょっと引っぱたかれた思いがいたしました。

それと、ついでといっては何ですけれども、私は年寄を抱えておりますので、先生に「長寿の秘訣は何でございますか」とお伺いいたしました。そうしましたらば「あなたみたいに人を殺さないことよ」とおっしゃるんです。

私はテレビドラマで、事もなげに人を殺しております。それを大変反省いたしました。それからエッセイ、小説の方の横道にちょっと入りましたが、先生にお目にかかった日からは、一人も人を殺しておりません。才能はオギャーと生れたときから決っておりますから、どうあがいてもだめでございますけれども、せめて先生のご長寿にぐらいはあやかろうと思いまして、あの日からは一人も殺しておりません。

本当に先生、おめでとうございます。これから私は殺しませんが、先生はどうぞ大いに悩殺――と申しますのは、私の女友達は、かなり私から見てもいい女と思われる連中が、みんな先生にあこがれております。こういうことを言ってはなんでございますけれども、私は、先生の奥様がお亡くなりになりましたときに、ひょっとして、待っていたら順番でも来るんじゃないかなと思ったんでございますけれども、私から見てもほれぼれするような、例えばそこにおいでの山岡久乃さんとか、テレパックの武敬子女史とか、私が見ても女の中の女というのが、みんな先生にほれておりまして、さっき山岡さんと並んでいたときに、先生が入っていらっしゃいましたら、山岡さんは、どのテレビドラマでも見せたことがないようなすごい声で「いい男ねえ」と言った。とても私ごときは勝ち目がございませんから、もうこれはあきらめましたけれども、かなりたくさんの女を先生は殺していらっしゃるということを、やはり思い知っていただきたいと思います。

おめでとうございました。ますますご長寿を。

（1980年／「中川一政近作展」1982・2・14）

本棚III

好きなもの蔵書

――旅と猫、動物の本

数多く海外の紀行文やノンフィクションがあった。「遊びにゆきたい。シルクロードか北イタリア、南スペイン」と言っていた向田の海外を知る本と愛する猫、動物本。

写真提供＝文藝春秋

旅

何週間ぶん、何カ月ぶんもの仕事を必死でかたづけ、親しい友人たちとの海外旅行の時間をひねり出した。訪れた国や地域にまつわる本は、ガイドブックに止まらず、紀行文、歴史、ノンフィクションなど、好奇心の赴くままに深くその国を知ろうとしていた。

海外土産　かごしま近代文学館所蔵

◎旅の足あと

1968年［39歳］
8月　タイ、カンボジア旅行。

1971年［42歳］
12月　世界一周旅行。澤地久枝ら友人4人で、北米、南米、ヨーロッパを28日間でめぐり、翌1972年1月帰国。

1972年［43歳］
11月　ケニア旅行。16日間の旅。

1979年［50歳］
9月　ケニア旅行。秋山ちえ子らと羽仁進監督「アフリカ物語」のロケ現場を訪ねる。

1980年［51歳］
2月　北アフリカ旅行（モロッコ、チュニジア、アルジェリアをめぐる）。
3月　モロッコ旅行。

1981年［52歳］
2月　ドラマ「隣りの女」ニューヨーク・ロケハン。
3月　ドラマ「隣りの女」ニューヨーク・ロケハン。
5月　ベルギー、フランス旅行。
6月　ブラジル、アマゾン旅行。
8月　台湾旅行。22日、航空機事故により死去。

ニューヨークのロケにて
写真＝マガジンハウス

読んで旅した海外

パリ〜ベルギー

奥左より『パリ随想』(湯浅年子　みすず書房・1977年)、『パリの料亭』(辻静雄　柴田書店・1972年)、『セーヌで語ろう』(磯村尚徳、深田祐介　文藝春秋・1980年)、『パリ旅の雑学ノート』(玉村豊男　ダイヤモンド社・1977年)

スペイン〜南米

奥左より『スペイン　アンダルシア』(森本哲郎文　船山克写真　朝日新聞社・1970年)、『スペイン巡礼』(天本英世　話の特集・1980年)、手前上より『サンパウロからアマゾンへ』(本田靖春　北洋社・1976年)、『誰も書かなかったブラジル』(鈴木一郎　サンケイ出版・1980年)、『アマゾン河』(神田錬蔵　中央公論社・1979年)

アフリカ

奥左より『サハラ幻想行』(森本哲郎　河出書房新社・1972年)、『マラケシュの声』(エリアス・カネッティ著　岩田行一訳　法政大学出版局・1973年)、手前上より『マグレブ紀行』(川田順造　中央公論社・1977年)、『サバンナの博物誌』(川田順造　新潮社・1979年)

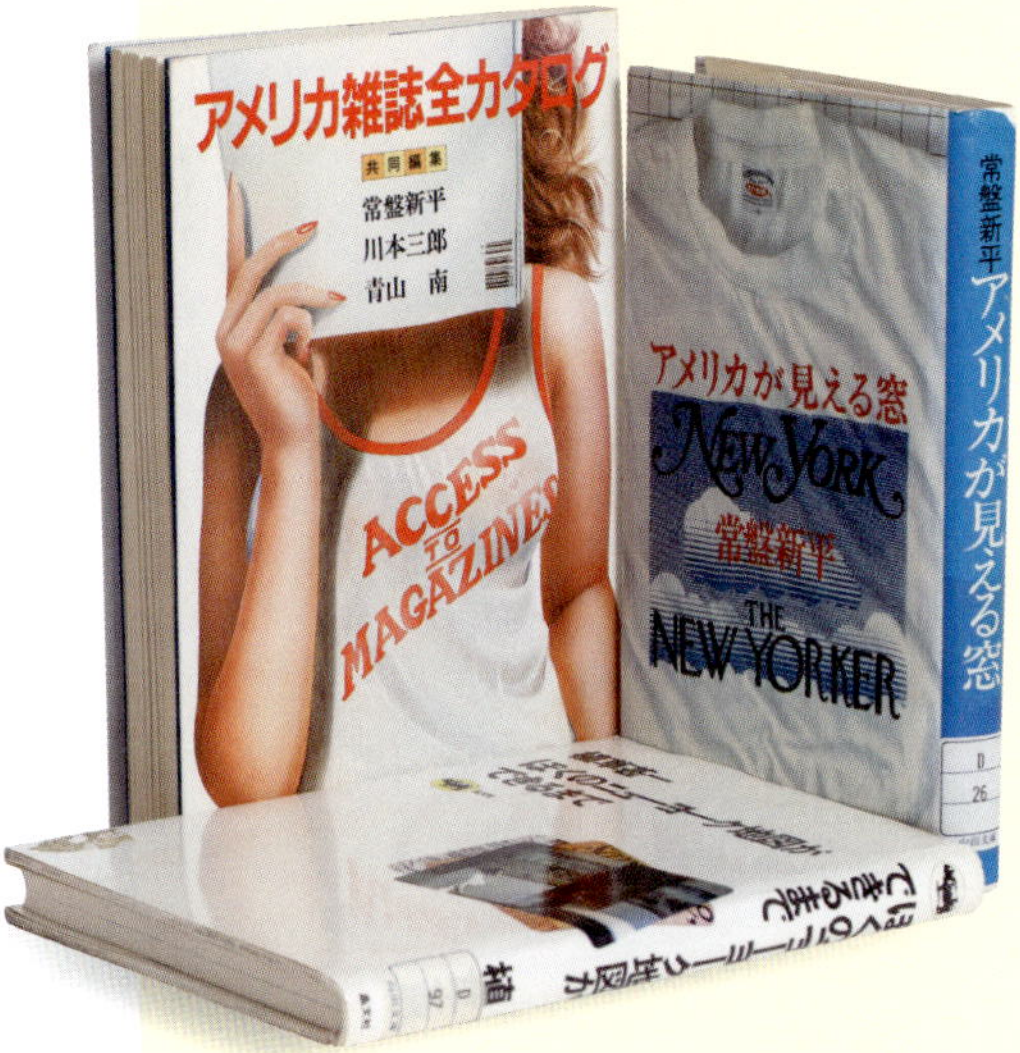

アメリカ

奥左より『アメリカ雑誌全カタログ』(常盤新平ほか共同編集　冬樹社・1980年)、『アメリカが見える窓』(常盤新平　冬樹社・1979年)、手前『ぼくのニューヨーク地図ができるまで』(植草甚一　晶文社・1977年)

タイ

左より『アンコールの廃墟』(R.J.ケーシー　内山敏訳　大陸書房・1970年)、『アンコールの遺跡』(今川幸雄ほか　霞ヶ関出版　1969年)、『タイの僧院にて』(青木保　中央公論社・1976年)、『タイ族』(綾部恒雄著　弘文堂・1971年)

旅のエッセイから

アマゾン河は濃いおみおつけ色である。仙台味噌の色である。そこへ、八丁味噌のリオ・ネグロとよばれる黒い川が流れ込む。人はアモーレ（愛）があれば、一夜で混血するが、ふたつの河は、たがいにゆずらずまじらず、数十キロにわたって、河の中央に二色の帯をつくってせめぎ合う。結局は、仙台味噌のアマゾン河に合流するわけだが、ボートで二色の流れのまん中に身を置くと、自然の不思議に息をのむ。折から夕焼け。血を流したような陽がゆっくりとジャングルの向うに落ち、抜けるほど青い空が薄墨に染ってゆく。これを見るためだけでも、日本から二十時間の空の旅は惜しくない。

「アマゾン」『夜中の薔薇』

一度でも自分の行った国、ペルー、カンボジア、ジャマイカ、ケニア、チュニジア、アルジェリア、モロッコ、そういう国が出てくると、どんなかけらでも食い入るように画面を眺める。

自分が見たのと同じ光景が出てくれば嬉しいし懐かしい。見なかった眺めだと、口惜《くや》しいようなねたましいような気持になって、説明に耳をかたむける。これは、行ったことのない国を見るよりも、もっと視線は強く、思い入れも濃いような気がする。（略）

旅も恋も、そのときもたのしいが、反芻はもっとたのしいのである。

「反芻旅行」『男どき女どき』

シルクロード

―一番行きたくて、行けなかった場所

奥左より『沙漠の蒙疆路』（オウエン・ラテモーア　西巻周光訳　朝日新聞社・1940年）、『シルクロード』（林良一　美術出版社・1963年）、手前上より『西域物語』（井上靖　新潮社・1980年）、『シルクロードの十字路で』（モタメディ遥子　実業之日本社・1976年）

一日も早く行ってみたい。
でも幕の内弁当で一番好きなものおいしいものは、舌なめずりをしながらとっておき、一番おしまいに食べるように、私は早くゆきたいという自分の気持をいじめるように、わざとほかの土地へ出かけていった。（中略）
何年か先、私は恐らく、シルクロードに出かけてゆくことだろう。

「私と絹の道」『女の人差し指』

写真提供＝文藝春秋

愛しい猫

猫本は、子供向けの絵本や写真集、研究書まで幅広い。向田が愛した「伽俚伽」はシャム猫。「マミオ」はシャム猫の一種のコラット種。イギリスのシャム猫研究の権威による解説書などもあり、猫の中でもシャム猫びいきだったことがうかがえる。

『猫は 猫の 夢を 見る』(山城隆一著 新潮社・1980年)

『みいこのおさんぽ』(バンダイ出版・1980年)

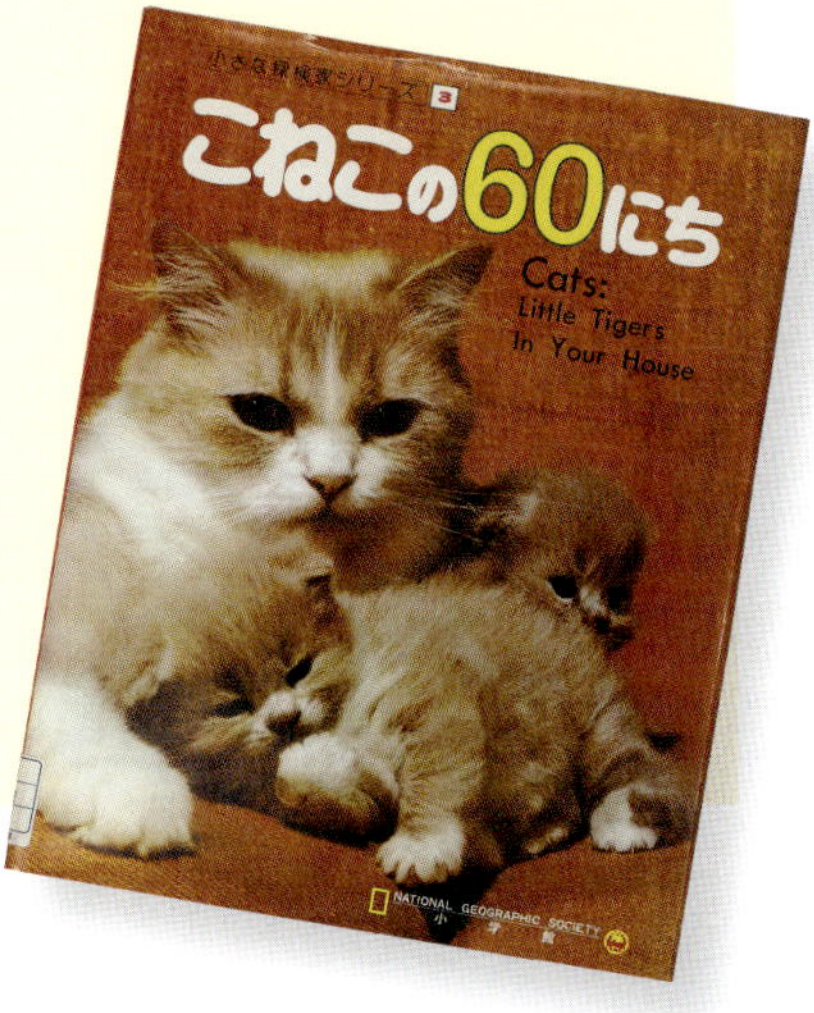

『こねこの60にち』(Linda McCarter Bridge原著 小学館・1978年)

CATS

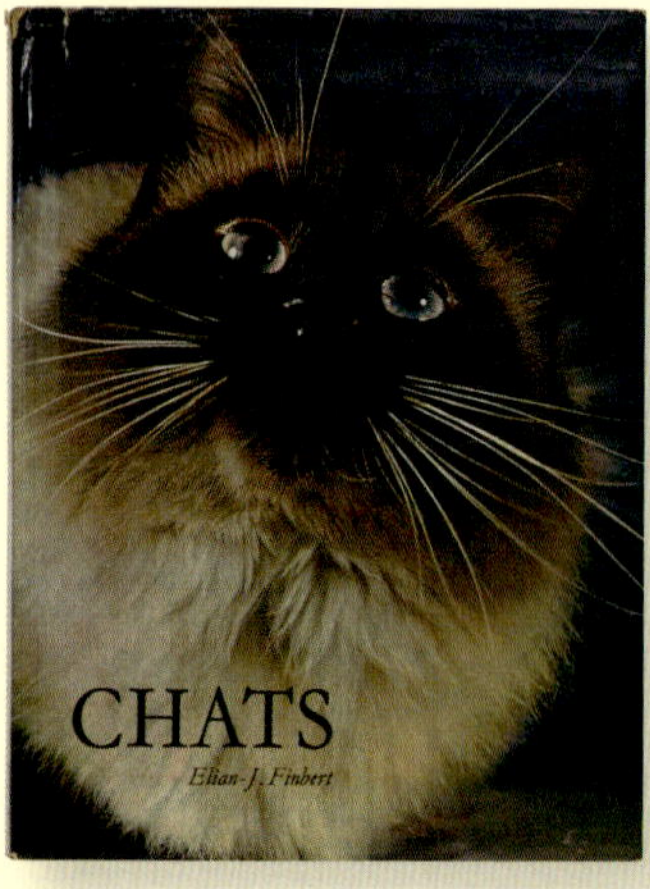

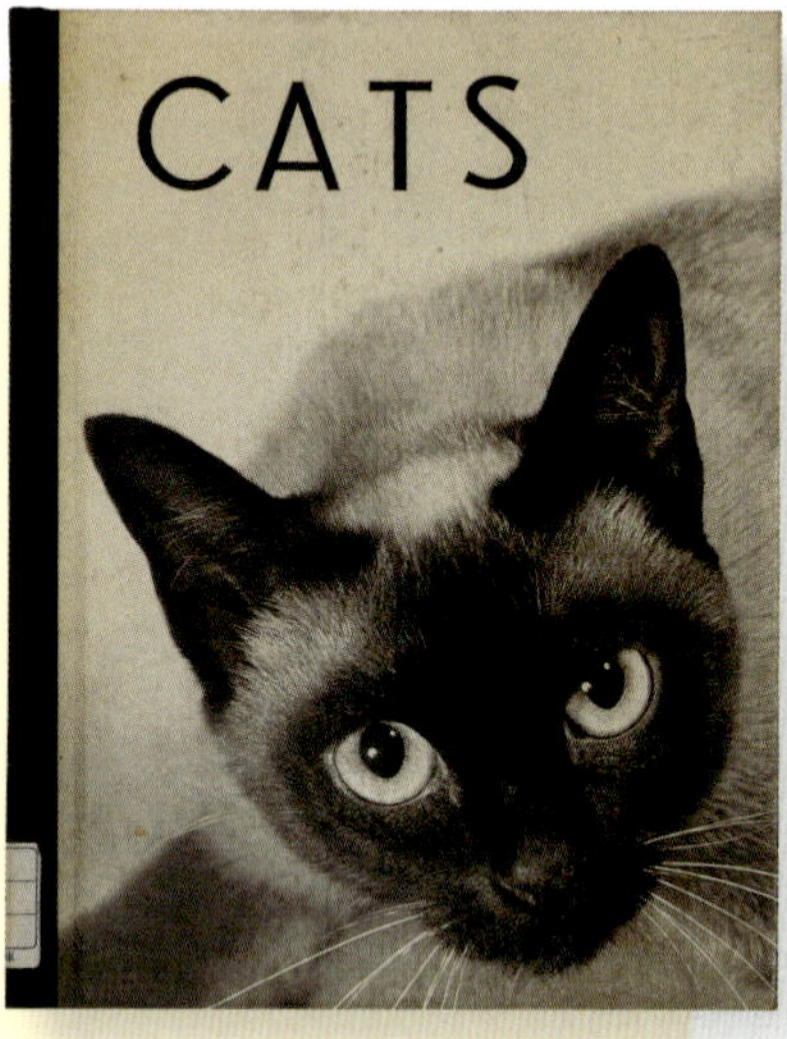

『Cats』(ed.by Hanns Reich text by Eugen Skasa-Weiss Fountain Press・1965)、『From kittens to cats』(Walter Chandoha Ed by Paul Hamlyn・1963)、『The Life history and magic of the cat』(Fernand Mery Ed by Paul Hamlyn・1967)、『Siamesecats』(Phyllis Lauder Ed by Ernest Benn・1963)、『The World of cats (John Montgomery Ed by Paul Hamlyn・1967)

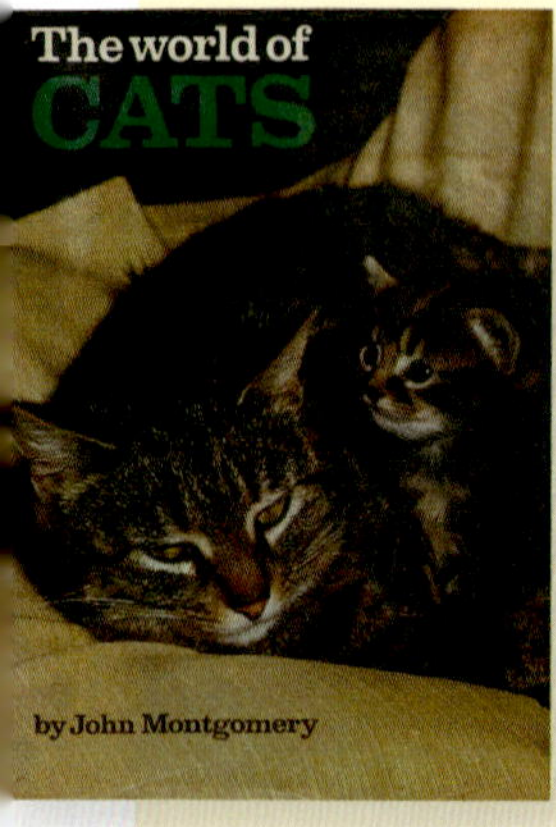

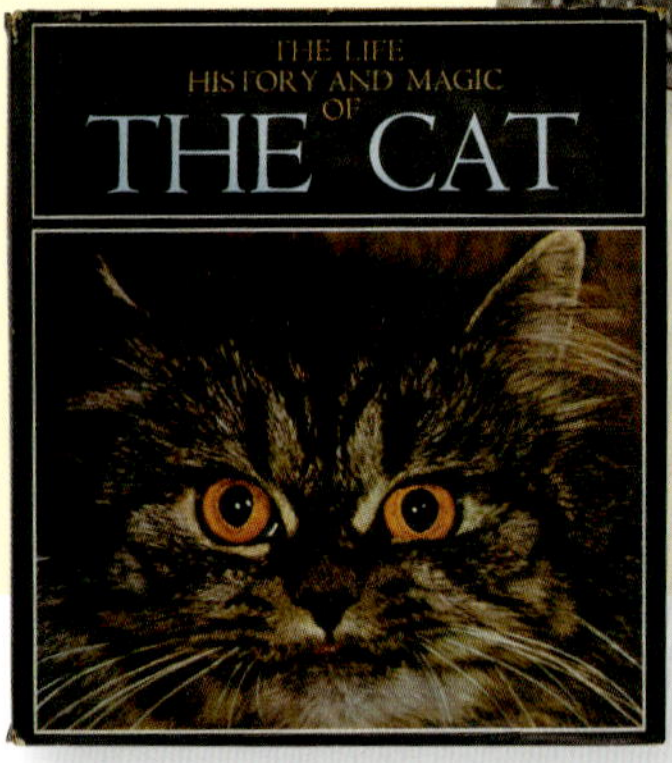

猫自慢

「コラット」と呼ばれるブルー・グレイの猫を飼い始めて三年になる。別に宣伝をしたわけでもないのだが、最近のペット・ブームとやらの影響か、ときどきお座敷がかかるようになった。「またですか。いい加減に切りあげてくださいよ」担当している連続ドラマのプロデューサー氏は渋い顔でおっしゃるが、飼主は朝から大浮かれである。

美容院にゆき（猫の美容院はないからこれは飼主が行く）、自慢の壺に花を活け（これも関係ないのだが）わが飼猫たちが一番美しく見えるよう、黒のセーターなど着用に及んで、カメラマン氏の到着をお待ちする。玄関には、猫トイレの臭気をごまかす香を焚くことも忘れない。

そして一時間から二時間、私は「猫釣り」に汗をかく。カメラマン氏の御要望通り、猫の目線を斜め上に向けるため、毛糸の玉やスカーフを手に「ほーらほら、いい子だろ」「馬鹿！　目をあけなさい。どうしてこんな時に寝ちゃうの」「あとでご馳走やるからな」「お尻なんかなめないの！」――おへそ丸出しのたこ踊りを演じるのである。終ると、飼主飼猫共にぐったりと疲れて、ソファで折り重なって昼寝ということになるので、まず半日はつぶれてしまう。それでなくても遅い原稿はさらにおくれて、テレビ局に迷惑をかける。もちろん、お礼など一文も戴けない。さらにわが猫の掲載誌が発売になるとコラットの子供がもらわれて行った友人たちの家に電話してまたひと騒ぎ――我ながら、お恥かしい。

「コラット」を初めて見たのは三年前である。アンコール・ワット見物の帰り、バンコックに寄り、シャム猫協会会長クン・イン・アブビバル・ラジャマートリ夫人宅を訪問したのが、思えば運の尽きであった。熱帯の芝生の上をころげ廻って遊ぶ銀色の猫を見て「感電」してしまったのである。あとはタイ式の合掌とエア・メールで押しの一手、あまたのアメリカ人のライバルを蹴落して、十ヵ月目に生後三ヵ月のコラットの雌雄をゆずり受けた。

雄はマハシャイ（タイ語で伯爵）の称号を持ち名前はマミオ。雌はやや小柄な美女でチッキイ夫人という。そもそもコラットは、タイの東北ラオスに近いコラット高原が原産地で、古くから銀猫と呼ばれ、王妃の結婚祝いの引出物に使われるそうだが、そんなことはどうでもいい。

私が気に入っているのは、コラットののんびりした性格と、あまり上品とは申しかねるしぐさである。特にわが伯爵殿は、堂々たる体格と美しい毛並、五代つづいた完全無欠の血統書を持ちながら、煮干を好み、気に入らぬ相手を見れば、太く長い前足で横っ面を張る（いつぞやは獣医さんをブン殴り、夜中の二時に送り返されたこともあった）。女房には頭が上らぬくせに粗野で好色で、そのくせ、強い動物特有のやさしさがある――まあ、つまり私としては惚れているのである。

結婚は一年に一度か二度。先日は「沖縄の本土復帰恩赦」と称して、夫妻に二ヵ月間の同居を許可した。生きるものの自由な生活を束縛するのは決して本意ではないのだが、何しろ我が伯爵殿は「増やす」ことよりほかにすることはないのだから、飼主としてはたまらない。

私とて、銀色のオハギのような仔猫を抱かせて戴きたいのはやまやまなのだが、出産育児につい専念してしまって、原稿生産量はとたんに低下する。生活苦におちいり税金も払えないでは、人畜共倒れであるから、仕事のあい間を見ての計画出産になるのはやむを得ない。それでも、すでに二十二匹のコラットが誕生、同業では松田暢子、北村篤子両嬢のところへ養女に行き、時折、深夜の電話で、互いに我家の猫ののろけを言い合っている。

「なぜ猫を飼うのですか」とよく聞かれる。これは「なぜ結婚しないのですか」という質問同様、正確に答えるのはむつかしい。実は、私自身、理由が判らないからである。「ただ何となく」そして、猫には何故か縁があったが、人間の男には、何故か縁が薄かった、ということなのだろう。

一つだけはっきりしているのは、これは人間とのつきあいにしても同じことだろうが、馴染めば馴染むほど判らないということだ。恐ろしくカンが鋭くて視線ひとつで、こちらの心理の先廻りをするかと思うと、まぎれもなく野獣だな、と思い知らされたりもする。甘えあって暮しながら、油断は出来ない、その兼ねあいが面白い。

私の家には、目下、コラット夫妻のほかに十一歳のシャム猫が一匹いる。「伽俚伽」とよぶ雌だが、これは想像妊娠を一回しただけで、数回の結婚生活にもかかわらず、ついにうまず女《め》で終ってしまった。そのせいか、性格的に偏屈で、私にしか馴つかない。やり切れないが正直いって悪い気はしない。ところが、これは、大きな声ではいえないが、私はこの頃とみに雄のマミオ伯爵を愛しているのである。そのことを、ほかの二匹に覚られないように、餌をやる順序、好ききらいや量の多少など、気をくばっているが、おそらく彼女たちは、私の心中を見抜いているに違いない。だから、私は火事や地震があると、猫部屋へいって演説をする。「一匹しか助けられなかったら、先着順だよ。伽俚伽一匹だけ抱えて逃げるから恨んじゃいけないよ」。もちろん声に出してはいわない。心の中で演説するのである。しかし、机に向って、仕事をはじめても、どうも落ち着かない。そこで再び猫部屋へもどって、また、演説をやり直す。「お前たち、誰も助けないことにしたからね。ドアをあけてやるから、自力で逃げな。判ったね」。三匹の猫は、人を小馬鹿にしたようにうす目をあけ、ながながと手足をのばして、大きく伸びをするのである。

(「婦人公論」1973・2/『眠る盃』)

動物への探究

一九七二年のケニア旅行をきっかけに、写真を撮ることに凝りだした。カメラの多くは、アフリカの動物たちに向けられている。動物を深く理解するために生態について書かれた本を読んだ。それはもちろん、随筆や小説の仕事にも生かされている。

『SERENGETI』(George B. Schaller. Collins・1973年)、『動物の不思議な知恵』(イゴリ・アキムシキン　秋田義夫訳　白揚社・1967年)、『おもしろい動物行動学』(I.F.ザヤンチコフスキー　田中百平訳　時事通信社・1973年)、『小動物抄』(草野心平　新潮社・1978年)、『釣りと魚の生態研究』(本間敏弘　西東社・1981年)、『羽仁進の動物王国』①〜③(羽仁進　ブロンズ社・1979年)

写真提供＝文藝春秋

対談

テレビドラマの中の家族像

藤久ミネ（評論家）
×
向田邦子

愉快ドラマと異化作用

藤久　テレビドラマの中に出てくる家族というのは、みんな大変うまくいっていますね。辛口ドラマなどというのもあって多少のさざ波は立つけれど、根底ではみんなが一体感をもっている。家族だからいたわり合い、同じ方向に歩いていくことに何の不都合も感じない。ところが向田さんのドラマを拝見していると、そういう運命共同体的な感じがほとんどしないんですね。確かに家族の核はあるけれど、誰もがそれぞれの問題や不幸をひきずっている。これは向田さんが独身でいらっしゃることとも関係するかもしれないけれど、向田さんの書かれる家族にリアリティがあるのは、そういう運命共同体臭がないせいじゃないですか。

向田　地球は公転しながら自転していますね。家族というのは大きな運命のもとでは、たとえば父が落ちぶれれば小さな家に住まねばならなくなるというところがあります。そうしながら、一人ひとりは親の知らない間に失恋したり、いいことがあったり、家族というのはそれぞれが自転しながら公転している。それを一時間のドラマ——コマーシャルが入れば正味四十四分——では描きにくいんですね。テレビは特に、こうしゃべっているけれど実はこう思っているという二面性を描くには不利なジャンルですね。私がエッセイや小説に手を出してしまったのも、人に勧められたからということもありますが、今日のテーマである〝家族〟ひとつ書くのでもテレビでは、二つの顔をもたせるのがとてもむつかしいからなんです。

藤久　みんなごく当り前の顔をして暮していて、しかし、それぞれがいろんな不幸や辛いことをもっていて、ふっとそれが見えるとき、人間とは何か、家族とは何かが見えてくるというのが向田ドラマですね。

向田　家族というのは、同情するどころか、世間よりももっとひどく「ほら見たことか」という時もあるのね（笑）。誰かが悪いことをしたり、落ち目になると、家族はそれに対してかなりいじめますね。ですから、かなり見苦しいものですよね。

藤久　その見苦しさを表現するドラマが、テレビでは非常に少いですね。

向田　テレビというのは、どちらかと言うと愉快ドラマ・快感ドラマなんです。おかずの一品がわりだったり、催眠薬であったり、食前食後酒であったり、ナイトキャップがわりだったりします。やはり人は見苦しいものを見たがらないですね。ですから最大公約数の茶の間に入るためには愉快ドラマにする。私みたいに千本近く書いてしまいますと、すこし飽きまして、表面は愉快ドラマに見えるけれど、毒を一滴入れたいなというふうに思うようになりまして、いま藤久さんがおっしゃったように、必ずしも大同団結していない、後ろに回われば手を握っていない家族を書くようになりました。

藤久　アメリカ映画の『クレイマー・クレイマー』とか『普通の人々』なんかがヒットしているせいもあるんでしょうが、家族崩壊というと、すぐ崩壊そのものとか、欠陥家族をとり上げるケースが多いけれど、ほんとうにこわいのは、形がちゃんと整っていて、日常も何事もないように見えて壊れているという家族があるということですね。

向田　底なし沼みたいなものがありますね。ですから、岩が出ていたり、滝があったりするほうがいい、その気になって船を動かせばいいわけですから。表面は実に静かで、泳いでみるとズルズルとひき込まれて出てこられないという感じのほうがこわいですね。

藤久　以前、山田太一さんが『岸辺のアルバム』について書いておられたんですが、投書が来て、どうしてあの家族を徹底的に崩壊させないのか、手ぬるいと言われた、というんですね。崩壊させてしまうのは簡単なんだ、なんとか食いとめようとするほうが大変なんで、そういうことを描きたかったんだと書いていらっしゃいましたが、私なども母と盛大にけんかをします。が、それはカッカしながらも何かを多少とも改善しようと努力しているからなんですね。金属バット事件を見ていると、家のなかは相当に複雑で、両親は三年間くらい口も利かない状態だったらしいんですが、そこで誰も熱くならない。みんな冷めたままでシラケていて、抵抗もしなければ戦線を離脱してしまっている。外側にいて、あるとき「えい、面倒くさい」といって完全崩壊させてしまっている。若い人たちが特にそうなのかどうかわかりませんが、感性のなかに論理が入っていない。だから何かおもしろくないと感じたら、シラケて外れちゃうんです。感じとったことを、論理的に組み立て直してみる粘りがないんですね。

向田　暮し向きのことばかり言うようですが、暮しというのは具体的なことが精神を培うと思っているんです。たとえばTシャツを買うでしょう。いまは着てみて何か気に入らないというと、それはもう着なくてもいいのね。靴下も穴があくとすぐ捨てられる。私たちはだぶだぶでも、似合わなくても、それしかないからがまんして着ましたね。靴下も破れれば電球をいれてつくろった。そうすると現状もすぐに捨てない習慣がついていくんです。このあいだ阿久悠さんとお話ししていて、二人でおもしろいなと笑い合ったんですが、昔はハモニカを買いたいと思うと、親からもらったお小遣いをずい分貯金して一年くらいかかって買ったでしょう。だからハモニカを買えるだけお金がたまるころには、気持のなかで何度もハモニカを咀嚼しちゃうから、気持の上ではハモニカを卒業しちゃって、今度はカメラが買いたくなるんです。そういう買えないことによる精神の形成ということでは、ハモニカとかジーパンだけのことではないと思うんです。それが気持の持続とか成長に大きな影響があるようですね。学校で社会科を習うよりむしろ大きなことじゃないか。使い捨て、繁栄貧乏ですか、それが、もしかしていまの家族の気持の荒廃した部分を育てているんじゃないかと思うんですね。

日常批判としてのホームドラマ

藤久　テレビドラマの歴史を調べていましたら、日本ではテレビの初放送——一九四〇（昭和十五）年に行われた実験放送ですが——がホームドラマなんですね。東京オリンピックが開かれる予定が戦争のために中止になって、せっかく開発を急いだテレビだからということで、実験放送をしたらしいんですが、伊馬春部（当時は伊馬鵜平）さんの『夕餉前』というドラマです。息子と娘がすき焼を食べようと母の帰りを待っていると、母が見合写真を預って帰ってくるという、それこそ夕餉前の何気ない家族の風景を描いた短いものなんですが、テレビの始まりがホームドラマだったというのは、なにか象徴的な感じがするんですね。テレビドラマというのは、ホームドラマにある程度集約されるところがあるんじゃないか、ホームドラマはテレビにとても向いている、という気がするんです。

向田　向いていると思いますね。つまり、あのサイズ、それから実際に茶の間にオン・エアーされるということ、パーソナルなものだということ、いろいろ考えて非常に向いておりますね。

藤久　ただ、現在の一般的なホームドラマを見ていると、そこに描かれている家庭というのは、私たちが毎日暮している家庭のあり方を問うというか、ハッと気づかせたり、こういう問題があるのか、ということをストーリーの上だけでなく、意味の上で考えさせたりする部分が少すぎる。つまり、ホームドラマは日常に入ってきて、私たちの日常内部にある意識の歪みやもつれを洗い出してゆくものだと思うんですね。ドラマと日常とが、ある緊張関係を組織する、というんでしょうか。

向田　私もそれは賛成なんですけれど、かなり巨大な資本がかかっているわけですね、ドラマというのは。そうしますと、どうしても最大公約数を狙ってしまうという点がございますね。それと、視聴者はまだ間接話法に馴れていないですね。これはいい人です、これは悪い人ですという直接的な言い方でないとね。このドラマの意味するものは……というふうに汲みとっていただくのはとてもむつかしいですね。あなたと同じですよ、というか、あなたはこの人に比べて幸福ですよ、というか……。

藤久　厳密に言えば、テレビのホームドラマは日常を描くことによって、日常批判というか、家族批判、家族のあり方批判を内在させるものだと思うんです。向田さんの『阿修羅のごとく』とか『蛇蝎のごとく』という作品は、そういうものだったと私は思いますね。

向田　あれなんかは、やはり少数派ですよ。悪いとか、いいとか、はっきりしろというモニター報告がありました。某先生のほうがはっきりしておると……（笑）。だから、あなたは某先生の下であると。私もおっしゃる通りだと思って、はいはいと聞いていたんですけれど……。それから視聴者は、すぐその場で教訓を割り出して、ためになったとか、教えていただいたというのが好きですね。ですから『水戸黄門』がうける。私のドラマは、いいのか悪いのかわからないところがあるでしょう。ですから、私は声なき少数派です。

藤久　そこが逆に日本の家族の根本問題じゃないですか。特に女性にそういう見方ができる人が少いでしょう。

向田　おっしゃる通りよ。ちょっと引いて考えるとか、水平よりちょっと上の角度から見るとか、自分を笑ってみるとか、それができないんですね。それができると身の上相談の必要もなくなるし、相談の仕方も変ってきますね。他人を見ることはできるんですが、自分を見ることができなくなっていますね。とくに女は……。昔から下手ですけれどね。

藤久　向田さんの作品には、自分の深部をどこかで感得している女性の目が生きている、とくに『阿修羅のごとく』はそうでしたね。ところが最近、小説を拝見していると、ふつう女だから女が書ける……という言い方がありますが、向田さんは女性だから、男の人が書けるんだなあということがわかったんです。

向田　男の人のほうがおもしろいんですよ。私は結婚していないので、しょっちゅう男という生きものが傍にいないということもありますけれども、仮にいたとしても、男の人のほうが新鮮じゃないかと思います。私にとっては、かりそめに同じ日本語を使っておりますが（笑）、外国人であり、インベーダーであり、異なる動物でしょう。父でも、弟でも、恋人でも、雄猫でも全部ちがう人種ですね。女同士でも、もちろんわからないですよ、自分以外のことは絶対わからない。もっと言えば、自分自身もわからないところがあって、そう簡単にわかってたまるかと思ってはいますけれど、とりわけ男は、あれはまったく未開の大陸ですね。ですから、書けていると言っていただけるのはとてもうれしいんです。おもしろいから、見るときの視線が生き生きするんじゃないでしょうか。怠けないんですね。女だとこんなものだと、自分を見ればわかるところが多少あるでしょう。

藤久　『蛇蝎のごとく』で、小林桂樹演ずるところの父親が津川雅彦の娘の恋人と、やむなくクラブに行って、バニー・ガールのお尻をなでるところがありましたね。一見、堅物で通っていた父親がなでてみると「お父さん、案外うまいじゃないですか」と言われる。「あなたにだってそういう部分があるじゃないか」ということで、うまく共感構造をつくっていく。私はあそこがたいへんおもしろくて、いやらしくて……（笑）。男というのはああいう論理を日常駆使しているんだなと、それに反して女性はああいう橋頭堡が築けない。向田さんはそういう、女性だからわかる男性解剖というか、つねにそういう視点で家族を透視していらっしゃる。

向田　それは、これからは女性もわかっていくと思うんです。つまり、集団で仕事をしなければならない生活が女にはなかったでしょう、主婦というのは単独作業ですから。男は一人ひとりがライバルですけれども、ときには手を組んだほうが得ということもあると知っています。だから手を組み、またパッと手を引く。手を握りながらも油断していない。その緩急というのは永年培ったもので、きっと血のなかにあるんじゃないかしら、獲物を狩るときには、ときには群をなしたほうがいいというライオンの論理みたいなものがね。その辺はまだ私たちは訓練ができていない。

藤久　社会的訓練ができていないし、なかなか社会的存在になれないですね。それもホームドラマと日常との緊張関係をつくれないことと関わっていますね。

向田　だから、女はとても個人的というか、個別的なものみたいですね。

藤久　向田さんは小津安二郎をお好きかどうか、わからないけれど、ちょっと小津作品と一脈通うところがおありになると思うんですね。たとえば『東京の合唱』というこれは無声映画ですが、保険会社のサラリーマンが行きがかり上社長をなぐってしまって馘になる。当時は昭和初期の不景気な時代ですから職はなかなかみつからない。やっと友人でしたか「うちはカレーライス屋をやっているから手伝わないか」ということで働くことにするんですね。そんなときに妻が子どもと電車に乗っていると、子どもが「お父ちゃんがいる」と指さす。見ると主人公がチンドン屋の先頭に立ってカレー屋の看板かなにかをかついでいるわけです。妻はあれはお父さんではないと子どもを言いくるめる。そのときに生活するとはどういうことかということが見えてくる、おかしくも悲しい形でですね。そういう部分が向田さんの作品と、ある共通性があるように思うし、何よりも小津さんは日本人の日常生活のなかにある〝文化〟というものを描いた人ですね。小津さんの映画が、テレビで放映されて生きるのはホームドラマの大変上質な典型みたいなものが、整然と構築されているからではないかと思うんです。

人生の刻の上に

向田　小津さんの映画はほとんど見ていますし、無声時代は知りませんけれど、好きなんですが、ちょっと抵抗があるのね。あれは暮しに困らない男の目ね。それがちょっと癪ね（笑）。そういうふうに言わないで……というところがあるの。ただ、いまおっしゃった日本人の日常の文化というか、家族のあり方についていいますと、いまの日本の家族は、これは家の間取りとか生活全般ですけれど、全部借りものだと私は思うんです。日本にはずっと家族主義というものが伝統的にあって、竹と紙でできた藁葺の家があって、一つあければどの部屋も見渡せましたね。音は聞こえるし個室もありませんし、親だけがどうにか夫婦の部屋があるという有様でしょう。ところが外国は石造りで、居間があって、夫婦は完全に独立した寝室にダブルベッドがあって、子どもも個室を与えられている。最近は日本でも子どもに個室があるらしいけれど、西洋では何百年という歴史を踏まえた個人主義というものがあって、しかも神様がいて、石造りなんです。夫婦の性というものも厳然とあって、親が子どもの前でキッスをしても、子どもはそれが日常になっている上でのダブルベッドの存在なんですね。しかし日本の昔の家族というのは、お父さんとお母さんは、いつどうやって眠っていたか知らないでしょう。「どうやって子どもが生まれるの」なんていっていて、たまに襖をあけてびっくりしたりした、そういう性というものがあって、朝起きれば、布団もなにも全部取り払われていて、昨夜は何もなかったようにきれいに暮していた、それが日本だったわけです。まだ、それが私たちに残っていて、神様はいない、個人主義もあやふやである……それなのに中途半端で音が聞こえるような聞こえないような、やわなバラックの個室があって、ダブルベッドがあるという不思議なところに私たちは追いこまれているわけです。だからいろんな意味で消化不良を起こしている。家族の問題には、間取りなんていうことも、とても影響が大きいと思うんです。

これは聞いた話なんですけれど、ドイツでカントとかヘーゲルが生まれたのは、石造りと建物と寒冷な気候のせいだといった人がいるそうです。おのれを考えるための静謐な時とか、冬の長さ、暗さ、そういうものがドイツの哲学を生んだとすると、日本のいまの建売住宅からは何が生まれるだろう、別に建売が悪いとは言うつもりはありませんが、あそこから生まれるものはこわいですね。〝文化〟はこのままでいくと、もう少しだめになって、それからまたそれなりに固まるんじゃないかと思いますけれどね。

藤久　西欧の暮しの表面だけが、なだれ式に入りこんでいて、しかもいまおっしゃったように個人主義は確立されていない……。

向田　個人主義とエゴイズムがごちゃごちゃでしょう。いまの若い人はフランクにつき合うということと不作法とが混っていますね、きちんとしていると古いと言われる。それは行儀がいいか悪いかの問題で、新旧とは関係のないことです。いま若い人たちが個人主義といっているのは、まちがったエゴイズムだと思うんです。

藤久　個人主義というのは、独りになったとき、すごく峻烈なものに耐えねばならないわけでしょう。精神の強靭さを要求されますね。

向田　そうですね。住宅事情の悪い日本で個室を獲得するための最低の条件は、富とか、空間とかの問題じゃなくて、精神が独りで寝起きできるということでしょうね。

藤久　また小津安二郎に戻りますけれど、小津さんの映画は、とくに後半の作品はつねに〝別れ〟がテーマだと思うんです。死別だけでない、いろんな別れがあって、人生とは孤独とどこかでつき合い続けていく〝時間の流れ〟だとも言えるわけですが、そうした日常の時間の質が家族との関わりのなかで抽出されてくる。向田さんのドラマを貫通しているのも、いわゆるホームドラマというよりも、〝人生の刻《とき》〟とはなにかが追求されている。

向田　いま時間とおっしゃったけれど、私は今日いやなことがあったり、うれしいことがあっても、今日のこととしてはなかなか書けないんです。私は度量衡というか、位取りのできない人間で、何が大事か、何が重くて軽いかが、ある時間が経たないとわからない。歳月というのは風化作用と同時に濾過作用をもっていますね。その時おもしろかったものは実は大したことではなくて、歳月が経つと風化してしまう。ですけれど三年たっても五年たってもみずみずしいものは、私にとってみずみずしいものなんでしょうし、苦いものはもっと苦くなる、私はそれが好きなんです。こじつけていえば、家族というのはこの一瞬のためのものじゃない。友だちがたまたま出会ってパーティで三時間一緒にいるのは、そのときだけの空気なんですね。でも、家族には二十四時間の何百倍、何千倍というものがある。そのなかの一時間くらいを、私たちは世間さまにお見せしているわけで、それは未来と現在と過去という、ものすごい時間の真ん中の輪切りなわけなんですね。ですから『寺内貫太郎一家』とか、『阿修羅……』とかいろいろ書きますけれど、そういう家族というものは十年前が書けなければいけないし、十年先も書けなければいけない。それを考えるととても気が重いんですが、いいドラマというか、うまくいったドラマの家族は必ずその前後の生活が書けるはずだと思いますね。

藤久　だから向田さんには「パートⅡ」というのがおできになる。今度『あ・うん』のパートⅡをお書きになったということですが、あの主人公の少女は、家事労働に追われ、経済のやりくりもなかなか楽ではないらしい母――さらに夫と舅との関係、夫と友人との関係のあいだで苦労している母――を見ているなかで、社会というか、人間についての目が開かれていくわけですね。つまり、社会の窓が家庭のなかにあって、そこで啓発され成長していくと同時に、ある程度成人すると、今度は親のやり方についての批判も出てくるだろうし、家族というものが壁のように少女の前に立ちはだかってくる。次は、そうした壁をのりこえてゆくことで大人になるんだと思うんですが、家族というか家庭には、窓と壁とが共存するところがある。パートⅡであの家族は変るんですか。

向田　変らないですよ。私はどちらかというと変らないことが好きなものですから……。

藤久　家族というのは、空気みたいなところがあって、うちの家族は……などと思わないのが家族なんですね。このごろはマスコミが崩壊崩壊といって騒ぐから、「うちの家族は……」と考えないと汽車に乗り遅れるんじゃないかと心配する家族が出てくる。ただ、これは向田さん以外のドラマの場合ですが（笑）、テレビドラマがそういう本質的なところまで掘り下げてつくられていない。大体、いい俳優さんが演っている役は、決して死なかったり……。

イワシ団子のように

向田　私なんか、ギャラの都合で亡くなっていただいた方も多いですよ（笑）。

藤久　とくに、せりふが日常をきちっと活写するほんとうのせりふになっていないという感じがしますね。「誰それさんがお見えになりました」「ああ、誰それさんの妹さんの誰それさんね」というのは、せりふじゃなくて説明ですね。系図はよくわかるけど、私たちの日常の思考力をおとしめる役割しかしていないんじゃないかと思いますね。

向田　わかりやすいもののほうが視聴率が高いでしょう。そうすると、絶対にわかりやすくしてくれという注文になっちゃう。

藤久　それと日本のテレビドラマほど家族がていねいな、それこそ他人行儀な言葉を使うドラマはありませんね。あれも家族を表現していない。

向田　いい言葉に変えちゃう役者さんがいるのよ。自分が下品に見られたくない……（笑）。お門違いだと思うのね。「何とかだぞ」と書いておくと「何とかですよ」と変えちゃうんです。言葉って、うちへ帰ると悪いものですよね。

藤久　そのなかにこそ、親しみというか、家族でなければ通じないものがでてくるわけでしょう。うんと省略されていて、しかも的確に伝わる言葉ですよね。

向田　私なんか親兄弟にそんなていねいな言葉を使ったことはないですよ。「……だめじゃないか」なんていってますでしょう、ふつうは。ただ書いてみると字面はちょっとすごいんですけれど、それを家族らしく言うのがお金をもらっている人の役目だと思うんです。

藤久　いい家族というのは、いわゆる家族らしく見える家族じゃないと思いますね。

向田　そう、けんかしていてもいいんですよ。沈黙してご飯食べていても、それはいい家族かもしれないし、それこそ一言では言えないですね。助け合っていて、はたから見ていいように見えても、なんだか〝はしゃぎすぎ〟というのもある。「お父さんはよく働いてくださって……」なんて、家族でほめ合っているのがあるでしょう。あれはちょっと薄気味が悪い。いい家族とは思いませんね。むしろ不機嫌でブスッとしていて、おもしろくないこともあって、山あり谷ありでいいと思うんですよ、最低、殺し合わない（笑）、ということじゃないかしら。嫁姑が激しく闘うというのを結構とはいいませんけれど、小さくいじめたりするのは当り前のことで、うまくいくほうが不思議でしょう。その闘いが、顔だちが変るほど陰惨でなければいいんですよ。うまくいかなくて当り前、家族がうまくいくのは幻影だと私は思うんです。テレビドラマで家族がうまくいっているのは、演技大会というか、嘘つき大会、お芝居大会だからですね。そんなにうまくばかりはいっていないなかの、ささやかな幸福程度でよしとしなければだめじゃないかと思いますね。

うちの祖母なんか、子どもにぜんぜん期待していなかった。とにかく丈夫に育てばいい、女は顔に傷がなく、男はお巡りさんにつかまって新聞に出なけりゃいい（笑）。これはとてもいい言葉だと思うんです。無学な人なんですが、とてもはっきりした人で、子どもは学校の先生とお巡りさんにはしない、と言うんです。「なぜ？」ときいたら「いざというとき、他人を助けなけりゃならないから、かわいそうだ」（笑）自分の子どもには逃げてほしいのね。だから私がからかって「おばあちゃん、駅員さんも助けなけりゃならないよ」「そうかい、じゃ、駅員も困るね」（笑）。あれもひとつの愛情だと思うんです。

藤久　小競り合いはあるけれど、決定的にはならないというところで保っているのが家族の本体かもしれませんね。いまは逆に小競り合いのところを、きれいごとにしてしまっているから、いざというときに、スパッと割れてしまう……。

向田　私はよくイワシ団子を作るんですけれど、あれは何匹かのイワシを背開きにして、頭をとって、骨を叩いて作るんですね。つなぎに片栗粉を水溶きして、お味噌を入れて、紫蘇なんかも入れて、とんとん叩くんです。あれを糊みたいにしてしまうとおいしくない。つなぎの片栗粉が多いと、こちこちのお団子になっちゃうんですね。そうかといって、片栗粉が少くて、つぶし方が粗いと、熱湯に入れてゆでたときにパラパラになっちゃう。ですから、ほどほどイワシの味がわかるくらいに粗つぶしにして、やっとまとまるくらいに片栗粉を入れて、お味噌がうまく入ったときに、ふわっとおいしいイワシの匂いもするし、散らばらないイワシ団子ができるわけです。家族はあの程度でいいんじゃないかと思うのね（笑）。つぶしてしまったら、個人もへちまもないですからね。いま、イワシ団子の例をとって申しましたけれども、たとえば長女は気が強いとか、次男はやさしいとか、三男はちょっと風変りで……といったふうに、それぞれの個人の性癖をつぶさないで、しかも金属バットにならないで……（笑）、どうにかまとまっていく、というのが家族で、そういうところがちょっとシャレて言えば、文化というものだと思うんですけれどね。

（抜粋「GRAPHICATION」1981・4月号　通巻178号特集＝家族とは何か）

（左頁）撮影＝立木義浩

私立向田図書館

久世光彦

わからないことは何でもあの人に訊《き》いた。訊けばたいていのことは教えてくれた。博覧強記というのとは、ちょっと違う。いま少し現実的というか世話というか、向田さんの知識は暖かい温度のようなものを感じる知識であった。それに、何のために知りたいかを承知してくれた上での教え方だったから、余計な手間が省けて助かった。知りたいことだけを手短かに話してくれて、その後に手紙の追伸のように気のきいたワンポイントの付録が付いている。たとえば〈左義長《さぎちょう》〉という言葉について訊いたとする。一月の十五日は、日本の古くからの風習で、正月に使った門松や注連縄《しめなわ》、お飾りに書き初めなんかを寺社の境内に持ち寄って焼く。これが〈左義長〉で、地方によっては〈どんど焼き〉とも言う。ここまでなら誰だって教えてくれる。向田さんはこの後がいいのである。「別に関係ないけど、この日は〈女正月〉とも言うのよ。お正月の間台所で忙しかった女たちが、ようやくほっとして女だけで御馳走を食べてこっそり新しい年を祝うの。知らなかったでしょ」。これが向田邦子の付録だった。たいてい最後に、ちょっと得意そうに「知らなかったでしょ」が付く。たしかに知らなかった。教えてもらってよかったと思う。〈女正月〉……向田さんに似合った静かで味のある言葉である。

別に向田さんの部屋まで出向いて訊くわけではない。電話である。出先で手元に資料がなくて、それでもどうしてもある知識が必要なことが私たちの商売にはよくある。そんなとき向田さんに電話する。作家というものはだいたい家にいてくれるから便利である。田沼意次《おきつぐ》と意知《おきとも》はどっちが父親でどっちが息子だったとか、マグナカルタは西暦何年かとか、つまらないことでもあの人は面倒がらず教えてくれた。それも簡潔にして要を得ていて、付録まで付いているのだから図書館などへ行くよりよほどいい。二十年、私立向田図書館のテレフォン・サービスにはずいぶんお世話になったものである。あの人がいなくなって、私がいちばん困ったのはこのことだった。向田さんが足腰立たなくなって、どこへも遊びに行けなくなって、図書館のお婆さんになってくれたら、どんなに便利だったことだろう。「五分したら、かけ直して」というのが多かった。その五分の間に調べてくれるわけである。いったいどこにそんな本を持っていたのだろう。私はあの人のアパートの広い仕事部屋とトイレしか入ったことがないから、私の知らないどこかの部屋にそれはあったのだろうが、それにしても何かを訊いて判らないということはまずなかった。書庫のような部屋でもあったのだろうか。人の目に触れるところには難しい本や立派な本は決して置かない人ではあった。よく作家の書斎というのを写真で見たりすると、『江戸風俗事典』とか『南方熊楠《みなかたくまぐす》全集』とか大層な本が書架に並んでいるものだが、そんな本はあの人の部屋には一冊もなかった。むしろ『冠婚葬祭の手引き』とか『艶歌百選』とかいう下世話な本と、あとは雑誌、週刊誌の山である。どちらかと言えば、ルポライターの仕事部屋の趣だった。らしいものと言えば、俳句の歳時記と明細な地図入りの『東京の歴史』、それに雑誌『太陽』の別冊が何冊か、そんなものだったと思う。だいたい本棚、書架がない。机の上の山積みと、床に散乱である。それなのに鷗外の『元号考』と言えば、五分後に電話でわかりやすく教えてくれる。〈ほととぎす〉には古来幾通りもの書き方がある。時鳥、子規、不如帰、沓手鳥、蜀魂など。こういう難しいことになると、向田さんは「私も知らなかったけど……」とよく前置きした。本当は知っていたのかもしれない。知っていたのだろう。そこら辺りが粋だった。そしてごく小さな、しゃれた付録のときは「知らなかったでしょ」と威張ってみせる。あんなに気持ちのいい図書館はどこを探したって、もうない。

少し大袈裟《おおげさ》かもしれないが、こういうのが知性のはじまりなのではなかろうか、と考える。知識とか教養とかいうものは、立派な箱に入っているのを大仰《おおぎょう》に取り出されると白けてしまう。そんなものなら要らないや、と僻《ひが》んでみたくもなる。その点、あの人の知性はいつも微笑《わら》っていた。角《かど》を殺《そ》いで円《まろ》やかな教養だった。だから、あの人の知識には肌触りや、匂いや、色合いといったものがあった。何でもすぐに忘れてしまう私だが、向田さんに教わったことだけは、不思議にいまでも覚えているような気がする。

どうして若いときにもっと勉強しなかったのだろうと五十を過ぎて悔いている。私は一応ちゃんとした大学を出てはいるのだが、ほとんど講義に出なかった。つい最近、納戸《なんど》の古いものを整理していたら、表紙の色の変わった大学ノートの間から文学部の講座の一覧表が出てきた。「西洋美術史」「ラファエル前派の運動」「十九世紀ドイツ浪漫派の文学」……どの文字もキラキラと輝いて見えた。いまになって少しずつ本を買い込んで、老眼鏡で不自由しながら読んでいることは、みんな三十数年前に学校でちゃんと教えてくれていたのである。あのころは、若いということにあまりに忙しすぎた。無為に過ごすことも含めて、時間がいくらあっても足りなかった。言い訳めくが、それはそれで良かったのだと思う。あとは、仕方なく空洞のままにしておいたこの胸の中を、その後の人生でどれだけ埋められるかである。むろん埋めつくすには、淋しいことにもう時間がなさすぎる。生まれてから死ぬまで、どうしてこうも時間が少ないのだろう。きざなことを言うようだが、少なくとも知的に生きようとするとき、人生は倍の時間が要る。

そんなことを向田さんと話したことがある。あれは直木賞を貰《もら》ってすぐのころだったろうか。その夜は珍しく二人とも神妙だった。何の話からそんな方へ行ったのかは忘れたが、いつの間にか長年の自分の無知、不勉強、ついついの手抜き、そのための誤魔化し、そういう恥についてお互い正直に告白しあうという妙なことになってしまった。向田さんとは飽きもせずいつも夜明けまで話したものだが、話の中身はほとんどつまらないことばかりだった。まじめだったのはこの夜と、あの人が医者に初期の乳癌を告げられたときと、たった二回だけだった。その晩、いまは書くよりも、読みたいとあの人は言った。天から降ってきたみたいに文学賞を貰って、なんだか足元の水がざわざわと騒ぎ立ちはじめて、これを鎮《しず》めるためには読まなければいけない。切実な顔だった。目もいつもみたいに笑っていなかった。私も、別に賞を貰ったわけでもないのに、そんな気持ちになっていた。胸の中の空洞がふいごのように音をたてて鳴っていた。

実人生が何にも勝る勉強、仕事も生きた勉強……理屈をつければ言い訳はいくらもできるし、またそうやって生きてきた。忙しさや人生を口実に、口当たりのいい本や、手軽に見られる映画ぐらいでお茶を濁してきた。けれどその夜、私の中に様々な本のタイトルが渦巻いて流れた。『二都物語』は読んだけれど、『天路歴程』は読んでいない。ドストエフスキーは眉間《みけん》に皺《しわ》寄せて読み耽《ふけ》ったのに、ツルゲーネフは馬鹿にしていた。『トリストラム・シャンディ』は買うには買ったが一頁も開いていない。『トム・ジョウンズ』だってそうだ。岩波文庫で四冊、ただ並べてあるだけで、フィールディングという名前を思い出すのがやっとである。佐藤春夫は芥川の半分ほども読んだだろうか。牧野信一は『鬼涙村』と『ゼーロン』だけ、葛西善蔵なんて一冊も読んでいない。

向田さんの方は、学生のころ読んだものをもう一度、この年齢《とし》、いまの気持ちで読みたいと言った。ずいぶん沢山の本を挙げたように思うけど、漱石と鷗外、外国ではプルースト、それからヘミングウェイと言ったのを覚えている。読んでいないのはダンテの『神曲』、これは五十年の間に何度買っても読まなかったから、これからもきっと読まない、と変に自信ありげに言っていた。そして、その夜の共通の反省は、二十歳を過ぎたころ、本はもういいと思ってしまったということだった。私も向田さんも、小学生のころから父親の本棚の本を手当たりしだいに読んでいた。大人の目を盗んで、それだけに結構気を入れて読んだものだ。そのころに本の面白さを知って、それからは図書館に通ったり、乏しい学生のお小遣いで文庫本を買ったり、十年以上も本の虫みたいになっていると、あるとき本はもういいと思ってしまうのである。昭和のはじめ生まれ、あのころの中流家庭育ちの一つのパターンかもしれない。いつもは、あれも読んだこれも読んだという自慢話ばかりだったのに、その夜は二人とも妙に地味になってしまった。いつごろ本の面白さに目覚めるか、それによって人はずいぶん違ってしまう。そう言って、あの人は爪を噛んだ。

それから死ぬまでに、向田さんがどれくらい漱石やプルーストを読み直したかは知らない。しかし、あの神妙な夜の明くる日、向田さんは『鷗外全集』や、膨大な『失われた時を求めて』をこっそり取り寄せたのではあるまいか。そうして誰も入れない奥の本の部屋で、ゆっくりページをめくり、新しい紙の匂いを胸に吸い込んで幸せだったのではなかろうか。そんな気がする。そんなせっかちで、短絡的で、可愛い人だった。

何でも知っていた向田さんは、とても便利だった。私たちは私立向田図書館と言って重宝したものだ。けれど、知らないことがいっぱいあって、五十を過ぎてから焦《あせ》っている向田さんを知って、私はもう一つこの人のことを好きになった。

（「カードエイジ」1991・6・7／『向田邦子との二十年』）

姉と本

向田和子

姉が本を読んだり、勉強をしたりしている姿を目にした記憶がほとんどありません。家に居る時の姉は、和裁一辺倒の母に代わって私たち妹の洋服を縫ったり、母と一緒に夕餉の支度をしたり、働いてばかりでした。ただ一度だけ、真夜中に目覚めたら、欄間から隣の部屋の明かりが漏れていて、襖を開けると姉が机に向かっていたのを覚えています。姉は女学生の十五、六歳で、私は六、七歳の頃だったと思います。

子供ながらにも、いつもものすごく面倒を見てもらっていると感じていたので、食べずに宝物のようにしてとっておいた南京豆を紙に包んで「お姉ちゃん、あげる」と渡しました。そのことを姉も忘れずにいてくれて、三十年以上経ってから、「あなたっていいやつね。だってあの時に南京豆をくれたじゃない」と言われてびっくりしたのです。

姉の女学生時代は戦時中でしたから、軍需工場に動員されて働いていました。工場で支給された乾燥バナナを、姉だけがその場で食べずにわざわざ持ち帰り、みんなに分けてくれたことがあります。さつまいも一本、棒ダラ一本で喧嘩するような時代だからこそ、姉の家族思いが身にしみました。

実践女子大学の向田邦子文庫に収められている本の中には、食べ物や戦争にまつわるものがたくさんあると聞きました。姉らしいと思います。食べることは好きでしたが、あの姉が、戦時中の食について想いを馳せないわけがないのです。食べるものがないときに、女たちが家族にどうやって食べさせていたか、あるいは、浅ましく食べ物を奪い合ったかということは、食の歴史の一つだととらえていたはずです。戦争について声高に語ろうとはしなかったけれど、女の目線、子供の目線で書いていました。その際に、戦争について書かれた本を読み、さまざまな角度からの体験を知ったうえでないと書けないという意識があったのだと思います。

父の書棚にあった夏目漱石全集を、小学生で読んでしまった姉と違い、私は活字が嫌いでした。そのことを知っているので、子供の私に本を薦めることはありませんでした。ただ姉は、私の宿題をやたらやりたがるところがありました。中学生の頃、作文の宿題ができないでいる私を見かねて姉が書いてくれた作文には、感心させられたのですが、もうお姉ちゃんを頼りにしちゃいけないと思わせるものでした。

私がふだん使う言葉づかいでやさしく書いてあるのにもかかわらず、心に響くのです。何より衝撃的だったのは、文章の中に色彩があり、それが私の心を表していたからです。到底私が書けるようなレベルではなく、私が書いた作文じゃないことが先生にわかってしまうと怖くなりました。それ以来、姉が書いてくれると言っても断ることに決めたのです。

それでも姉は勘がいいので、私が縁側で猫と遊んでいると、近くに開いてあった国語の教科書を覗き込んで「なあに、これ?」と聞いてきたことがあります。志賀直哉の小説の感想文が宿題になっていると渋々答えると、案の定、書いてあげると言ってきたのですが、きっぱり断りました。すると、「和子ちゃん、声を出して読んで見て。そうするとね、感じ方が違うかもしれないよ」とヒントをくれました。姉が亡くなって、文章を読んだり書いたりしなくちゃならなくなった時に、ふとこのことを思い出し、とても助かったことを覚えています。

久世光彦さんにお会いした時にこのことを話すと、「お姉さんが二十歳か二十一歳の時でしょう。そんなに若くして気づくってすごいな。僕は森繁久彌さんに同じことを教えていただいたんだ」っておっしゃったのです。

姉が本を貸してくれるようになったのは、私が短大に入ったくらいからでした。犬猫や食べ物など私が興味を持ちそうなものを「面白いわよ」と手渡してくれたり、身近なものごとについて語っているエッセイを「読んでみる？」と差し出したり、あくまでもさりげなく薦めてくれました。團伊玖磨のエッセイから始まって、三島由紀夫、永井龍男、井伏鱒二、里見弴の短編はほとんど読んでいます。さらに、幅広いテーマにも目を通しなさいということで、魚や昆虫、植物の本も貸してくれました。

姉が霞町のアパートで独立生活を始めるために家を出てしまうと、初めて本を選ぶ大変さを痛切に感じました。本屋に行って戸惑ったと姉に伝えると、「それはすごく良いことだね」と言ったんです。「迷っても良いから自分で選んで本を買ってみなさいよ。そして、時々はふだん読まない分野の本棚の前に立ち止まってみることは必要よ」と。

姉は本を立派な本棚に並べたり、コレクションしたりすることに興味はありませんでした。読み終わった本はどんどん貸してしまうし、若い人にごっそりあげることも少なくありませんでした。本そのものに執着するのではなく、必要なら繰り返し読んで、記憶にとどまったことが本物だと思っていたような気がします。

姉はよく私をつかまえて、読み終えた本で知ったこと、骨董やローマンガラスについてなど話して聞かせました。そうやって仕入れた知識を消化させていたのでしょう。私は、「おお、そうなの」みたいな感じで相槌を入れていたのですが、ほとんど右から左へ忘れてしまいました。唯一、姉が建築書を読んで仕入れた「黄金分割」という言葉だけは頭から離れません。一緒に街を歩いていて、「美しい、いいね」と伝えると、「あれが黄金分割だわ」と返ってくることが何度かあり、記憶の中に染み込んでしまったようです。

『向田邦子の本棚』の企画を聞いて最初に思い浮かんだのが父のことでした。保険会社の地方支店長をしていた父は、高等小学校しか出ていませんが、負けん気が強い努力家で、ものすごく勉強をし、新聞や本をよく読んでいました。鹿児島に住んでいた頃の四畳半の納戸は、本でいっぱいだったと姉もエッセイで書いています。

それらの本をくまなく読んでいましたから、日本文学から歴史、地理、古典文学にも詳しく、歌舞伎や能楽の謡もよく知っていました。さらに『文藝春秋』のような雑誌にも目を通していたので社会の時流にも通じていて、話題には困らない人でした。『父の詫び状』では、愛情を表現することがへたな父親像が描かれているけれど、それればかりではない、博学な文学青年の面影を残す部分もありました。同人サークルに所属して小説を書いていたことがあり、それが縁で母と結ばれたそうです。
こうした父の影響を一番受けていたのが姉だったのではないでしょうか。父が詳しそうなことについて、お伺いを立てることを欠かしませんでした。それとはなしに、「徒然草のこういうシーンが出ていたのですが、続きはどうなるのですか?」とか、「市川團十郎の先代はどうだったんですか?」といったような質問を父に投げかけるのです。父はだいたいのことは覚えていてすらすらと答えて、「あとは自分で調べてごらん」と言ったりしていました。
四人の兄妹の中でも父とこうした会話ができるのは姉の邦子だけで、共通の書物について語り合える喜びを父も姉も感じていたに違いありません。姉は短い時間で、ちょっとした親孝行をやっていたのでしょう。そして父も文章を書く仕事をしている娘の邦子に自分を重ねていた部分があると思うのです。

(談　2019・6・21)

(左頁)撮影=立木義浩

年譜

一九二九（昭和四）**年**

十一月二十八日　父・向田敏雄、母・せいの長女として東京府荏原郡世田ヶ谷町若林に生まれる。

一九三〇（昭和五）**年**　一歳

四月　栃木県宇都宮市二条町へ転居。

一九三四（昭和九）**年**　五歳

四月　宇都宮市西大寛町へ転居。

一九三六（昭和十一）**年**　七歳

四月　宇都宮市西原尋常小学校に入学（一年の一学期のみ）。

七月二十二日　東京市目黒区中目黒三丁目へ転居。

九月　東京市目黒区立油面尋常小学校に転校（一年の二学期から）。

一九三七（昭和十二）**年**　八歳

三月　肺門淋巴腺炎発病（完治まで約一年。夏休みには東京府西多摩郡小河内村等で療養）。

九月　東京市目黒区中目黒四丁目へ転居。

一九三九（昭和十四）**年**　十歳

一月　鹿児島県鹿児島市平之町へ転居。鹿児島市立山下尋常小学校に転校。

一九四一（昭和十六）**年**　十二歳

四月　香川県高松市寿町一番地へ転居。高松市立四番丁国民学校に転校。

一九四二（昭和十七）**年**　十三歳

三月　高松市立四番丁国民学校卒業。

四月　香川県立高松高等女学校入学（一年の一学期のみ）。

一家は東京市目黒区中目黒四丁目へ転居（本人は高松市内で下宿生活）。

九月　本人も東京市目黒区中目黒四丁目へ。東京・市立目黒高等女学校に編入学。

一九四三（昭和十八）**年**　十四歳

九月　目黒区下目黒四丁目へ転居。

一九四七（昭和二十二）**年**　十八歳

三月　市立目黒高等女学校卒業。

四月　実践女子専門学校国語科に入学。

六月二十四日　一家は仙台へ転居（宮城県仙台市国分町、半年後に琵琶首。本人は弟・保雄と二人で母方の祖父宅に寄宿（東京都港区麻布市兵衛町））。

一九五〇（昭和二十五）**年**　二十一歳

三月　実践女子専門学校卒業。

四月　四谷、財政文化社に入社。社長秘書となるかたわら、東京セクレタリ・カレッヂ英語科夜間部に学ぶ。

五月　一家は東京都杉並区久我山三丁目へ転居（本人も同居）。

一九五二（昭和二十七）**年**　二十三歳

五月二十一日　雄鶏社に入社、「映画ストーリー」編集部に配属。

一九五八（昭和三十三）**年**　二十九歳

十月　初のテレビ台本「ダイヤル一一〇番」を共同執筆。第五十五話「火を貸した男」、第五十九話「声」。

一九五九（昭和三十四）**年**　三十歳

六月　「ダイヤル一一〇番」第九十三話「赤い爪」の脚本を執筆。単独第一作。

一九六〇（昭和三十五）**年**　三十一歳

五月　女性のフリーライター事務所「ガリーナクラブ」に参加、「週刊平凡」、「週刊コウロン」等に執筆。

十二月二十四日　雄鶏社を退社。

一九六一（昭和三十六）**年**　三十二歳

四月　「新婦人」に初めて向田邦子の名前で執筆。「映画と生活」等。

一九六二（昭和三十七）**年**　三十三歳

二月　東京都杉並区本天沼三丁目へ転居。

三月　「森繁の重役読本」（東京放送、文化放送他）開始（一九六九年十二月まで。七年間で二千四百四十八回の台本を執筆）。

一九六四（昭和三十九）**年**　三十五歳

二月　「七人の孫」（ＴＢＳ）脚本執筆（原作・源氏鶏太）、人気シナリオライターに。

十月十日　東京都港区霞町（現・西麻布三丁目）のアパートで独立生活を始める。

一九六五（昭和四十）**年**　三十六歳

六月　「七人の孫」（ＴＢＳ）の脚本八回分執筆（翌年二月まで）。

一九六八（昭和四十三）**年**　三十九歳

五月　「色はにおえど」（ＴＢＳ）第二十二回。

八月　初の海外旅行（タイ・カンボジア）。

一九六九（昭和四十四）**年**　四十歳

一月「きんきらきん」（ＴＢＳ）第三・七回。

二月二十一日　父・向田敏雄、心不全で急死（享年六十四）。

一九七〇（昭和四十五）**年**　四十一歳

八月　「北条政子」（ＮＥＴ）（原作・永井路子、十月まで）、

十一月　「だいこんの花」（ＮＥＴ）第三・四・七・八・九回

十二月　東京都港区南青山五丁目のマンションへ転居。

一九七一（昭和四十六）**年**　四十二歳

八月　「時間ですよ」（ＴＢＳ・翌々年八月まで、十回分）。

十二月～翌年一月　世界一周旅行。

一九七二（昭和四十七）**年**　四十三歳

一月　「だいこんの花」パート２（ＮＥＴ・六月まで、十二回分）。

十一月　「だいこんの花」パート３（ＮＥＴ・翌年五月まで、二十六回分）。

十六日間のケニア旅行。

一九七四（昭和四十九）**年**　四十五歳

一月　「寺内貫太郎一家」（ＴＢＳ・三十九回

連続)。
九月 「だいこんの花」パート4(NET・翌年三月まで、三十回分)。
十月 「時間ですよ・昭和元年」(TBS・翌年四月まで、十三回分)。

一九七五(昭和五十)**年** 四十六歳

四月 小説『寺内貫太郎一家』刊行(サンケイ出版)。「寺内貫太郎一家」パート2(TBS・翌年八月まで、三十回分)。
十月 乳癌手術(入院三週間)。

一九七六(昭和五十一)**年** 四十七歳

二月 「銀座百点」に「父の詫び状」連載開始(翌々年六月まで)。
五月 「七色とんがらし」(NET・十月まで)。

一九七七(昭和五十二)**年** 四十八歳

一月 「冬の運動会」(TBS・十回連続)
六月 「だいこんの花」パート5(NET・十一月まで、二十六回分)。

一九七八(昭和五十三)**年** 四十九歳

五月十一日 「ままや」開店。
七月 「家族熱」(TBS・十四回連続)
十一月 初のエッセイ集『父の詫び状』刊行(文藝春秋)。

一九七九(昭和五十四)**年** 五十歳

一月 「阿修羅のごとく」パート1(NHK・三回連続)
二月 鹿児島旅行。
五月 「週刊文春」(五月二十四日号)に「無名仮名人名簿」連載開始。
九月 ケニア旅行。
十月 エッセイ集『眠る盃』刊行(講談社)。

一九八〇(昭和五十五)**年** 五十一歳

一月 「源氏物語」(TBS)放送。
「阿修羅のごとく」パート2(NHK・四回連続)。
二月 「小説新潮」(二月号)に連作短編小説「思い出トランプ」連載開始。
北アフリカ旅行(マグレブ三国)。
三月 「あ・うん」(NHK)放送。
五月 「週刊文春」に「霊長類ヒト科動物図鑑」連載開始。
五月三十日 NHK「阿修羅のごとく」「あ・うん」、TBS「源氏物語」などの創作活動に対してギャラクシー選奨受賞。
七月 「幸福」(TBS・十三回連続)。
七月十七日 「思い出トランプ」の中の「花の名前」、「かわうそ」、「犬小屋」で第八十三回直木賞受賞。
八月 エッセイ集『無名仮名人名簿』刊行(文藝春秋)。
十二月 『思い出トランプ』刊行(新潮社)。
十二月三十一日 NHK「紅白歌合戦」審査員を務める。

一九八一(昭和五十六)**年** 五十二歳

一月 「蛇蝎のごとく」(NHK・三回連続)
二月 「隣りの女」ニューヨーク・ロケハンに同行。
三月 「隣りの女」ニューヨーク・ロケに同行。
五月 「隣りの女」(TBS)。ベルギー旅行。
長編小説『あ・うん』刊行(文藝春秋)。
六月 ブラジル・アマゾン旅行。
七月 「週刊文春」(六月四日号)に「女の人差し指」連載開始。「小説新潮」(七月号)

に連作短編小説「男どき女どき」連載開始。

八月二十二日　台湾旅行中に航空機事故で死去。

九月　エッセイ集『霊長類ヒト科動物図鑑』刊行（文藝春秋）。

九月二十一日　東京・青山葬儀所にて葬儀。戒名は「芳章院釈清邦大姉」。

十月　小説集『隣りの女』刊行（文藝春秋）。エッセイ集『夜中の薔薇』刊行（講談社）。

十二月『阿修羅のごとく』（向田邦子ＴＶ作品集１）刊行（大和書房）。

十二月『父の詫び状』（文春文庫）。

一九八二（昭和五十七）年

二月　第三十三回放送文化賞受賞。

三月『幸福』（向田邦子ＴＶ作品集２）、五月『冬の運動会』（向田邦子ＴＶ作品集３）刊行、六月『蛇蝎のごとく』（向田邦子ＴＶ作品集５）刊行（大和書房）。『眠る盃』（講談社文庫）。七月『家族熱』（向田邦子ＴＶ作品集４）刊行（大和書房）。

八月　エッセイ集『女の人差し指』刊行（文藝春秋）。小説及びエッセイ集『男どき女どき』刊行（新潮社）。『向田邦子全対談集』刊行（世界文化社）。

十月　向田邦子賞（テレビ脚本のすぐれた成果に対して）が制定される。第一回受賞は市川森一（翌年二月）。

一九八三（昭和五十八）年

一月『寺内貫太郎一家』刊行（新潮社）。

三月『寺内貫太郎一家』（新潮文庫）。

四月『あ・うん』（文春文庫）。

五月『思い出トランプ』（新潮文庫）。

八月『無名仮名人名簿』（文春文庫）。

一九八四（昭和五十九）年

一月『隣りの女』（文春文庫）、『夜中の薔薇』（講談社文庫）。

八月『霊長類ヒト科動物図鑑』（文春文庫）。

一九八五（昭和六十）年

二月『阿修羅のごとく』（新潮文庫）。

五月『男どき女どき』（新潮文庫）。

七月『女の人差し指』（文春文庫）。『冬の運動会』（新潮文庫）。

十一月『幸福』（新潮文庫）。

十二月『向田邦子全対談』（文春文庫）。

一九八六（昭和六十一）年

一月『家族熱』（新潮文庫）。

三月『蛇蝎のごとく』（新潮文庫）

九月『だいこんの花』前編（向田邦子ＴＶ作品集６）、十一月『だいこんの花』後編（向田邦子ＴＶ作品集７）刊行（大和書房）。

一九八七（昭和六十二）年

一月『源氏物語・隣りの女』（向田邦子ＴＶ作品集８）刊行（大和書房）。

四月『父の詫び状』（大活字本シリーズ・埼玉福祉会）。

六月『あ・うん』（向田邦子ＴＶ作品集９）刊行（大和書房）。『向田邦子全集　第一巻』刊行（文藝春秋）。

八月『向田邦子全集　第二巻』刊行（文藝春秋）。『向田邦子全集　第三巻』刊行（文藝春秋）。

十二月『寺内貫太郎一家』前編（向田邦子ＴＶ作品集10）刊行（大和書房）。

一九八八（昭和六十三）年

一月『寺内貫太郎一家』後編（向田邦子Ｔ

Ｖ作品集11）刊行（大和書房）。

一九八九（平成元）年

四月『無名仮名人名簿』（大活字本シリーズ・埼玉福祉会）。

一九九〇（平成二）年

十月『寺内貫太郎一家』（大活字本シリーズ・埼玉福祉会）。

一九九一（平成三）年

二月『だいこんの花』（前編・後編）（新潮文庫）。
三月『向田邦子　映画の手帖』（上野たま子・栗原敦編　徳間書店）。
四月『源氏物語　隣りの女』（新潮文庫）。
六月『言葉が怖い　新潮カセット講演』（新潮社）。
七月『あ・うん』（新潮文庫）『森繁の重役読本』刊行（ネスコ／文藝春秋）。
十二月「向田邦子の世界」展（東京・渋谷西武他全国五カ所　一九九三年五月まで）。

一九九二（平成四）年

十一月『思い出トランプ』（講談社英語文庫）。
十二月『あ・うん』（大活字本シリーズ・埼玉県福祉会）。

一九九三（平成五）年

一月『森繁の重役読本』（文春文庫）。
十月『六つのひきだし』（ネスコ／文藝春秋）。

一九九四（平成六）年

四月『隣りの女』（大活字本シリーズ・埼玉福祉会）。

一九九六（平成八）年

十月『向田邦子　映画の手帖』（徳間文庫）。
十二月『女の人差し指』（大活字本シリーズ・埼玉福祉会）。

一九九七（平成九）年

四月『六つのひきだし』（文春文庫）。
十月『父の詫び状』（新潮ＣＤ）。
十二月『鮒　嘘つき卵』（同右）。

一九九八（平成一〇）年

三月「ままや」閉店。
十二月『眠る盃』（大活字本シリーズ・埼玉福祉会）。

一九九九（平成十一）年

十月～十一月　企画展「向田邦子の魅力展」かごしま近代文学館で開催。

二〇〇一（平成十三）年

五月「文藝春秋」六月号で遺書が公表。

二〇〇三（平成十五）年

六月『向田邦子　暮しの愉しみ』（向田邦子／向田和子　とんぼの本　新潮社）。
八月『あ・うん』（新装版　文春文庫）。
十一月　映画「阿修羅のごとく」（監督・森田芳光）公開。
この年から、誕生日十一月二十八日前後に毎年、かごしま近代文学館で収蔵品展が開催される。

二〇〇六（平成十八）年

二月　『父の詫び状』（新装版　文春文庫）。

四月～五月　「没後25年　向田邦子展――凛として生きて」銀座松坂屋で開催。

二〇〇七（平成十九）年

四月～五月　「向田邦子　果敢なる生涯」展、世田谷文学館で開催。

二〇〇八（平成二十）年

九月十二日　母せい、死去。享年百。

二〇〇九（平成二十一）年

四月　生誕八十周年を記念して、『向田邦子全集〈新版〉』（全十一巻別巻二　文藝春秋）が刊行開始（二〇一〇年四月まで）。『向田邦子シナリオ集』（全六巻　岩波現代文庫）が刊行を開始（九月まで）。

十月　向田邦子生誕八十年出版記念朗読会、新国立劇場で開催。

十月～十一月　「向田邦子展～彼女のすべて26のキーワード」かごしま近代文学館で開催。

十二月　『駅路／最後の自画像』（松本清張原作／向田邦子脚本）刊行（新潮社）。

二〇一一（平成二十三）年

三月　かごしま近代文学館がリニューアルオープン。常設展示室「向田邦子の世界」を新設。

九月～二〇一二年一月　没後三十年記念企画展「脚本家　向田邦子の顔」かごしま近代文学館で開催。

二〇一二（平成二十四）年

六月六日～十八日　日本橋三越で「森繁久彌と向田邦子展」開催。

十一月～二〇一三年二月　企画展「向田邦子の随筆」かごしま近代文学館で開催。

二〇一三年（平成二十五）年

六月　『文藝別冊　向田邦子　脚本家と作家の間で』（河出書房新社）。

二〇一六年（平成二十八）年

八月『お茶をどうぞ　対談　向田邦子と16人』（河出書房新社）。

二〇一八年（平成三十）年

十二月　『海苔と卵と朝めし　食いしん坊エッセイ傑作選』（河出書房新社）。

二〇一九年（令和元）年

一月　『お茶をどうぞ　向田邦子対談集』（河出文庫）。

五月　絵本『字のないはがき』（小学館）。文・角田光代、絵・西加奈子。

八月　『伯爵のお気に入り　女を描くエッセイ傑作選』（河出書房新社）。

＊一九八一年八月以降は本の刊行および展覧会を中心に構成しました。

編集あとがき

向田邦子の写真に本棚が写り込んでいるものが少ないのだが、数少ない晩年のものを見ると棚や床に無造作に夥しい本が積まれていたことが分かる。それでも写っているのは一部で、生前は本棚の全貌をひとに見せることはなく、奥の部屋に密やかに詰め込んでいたようだ。

向田の蔵書は現在、実践女子大学図書館・向田邦子文庫に約千三百冊と、かごしま近代文学館・向田文庫に約三百冊、そしてわずかながら実妹の向田和子さん宅にも残されていた。

本書は主に実践女子大学図書館・向田邦子文庫所蔵の本を中心に構成したが、ご紹介できたのは、その中のほんのごく一部である。それも本当に気に入ったものや大事にしていたものが手元にあったかどうか不明である。現在ある蔵書の中から編集部の憶測で構成したことをお断りしたい。

エッセイ「カバーガール」（『無名仮名人名簿』）にカバー類が好きでないと書かれていた通りカバーが剝がされた本が多かったり、「心にしみ通る幸福」（『夜中の薔薇』）にあるように、気に入った本は西鶴や野呂邦暢など二冊以上あったりと、そこには彼女らしさが現れていた。

本棚の断片を紹介した本書から、何か新しい発見があれば嬉しいです。

東條律子（河出書房新社）
金丸裕子

〔所収・底本〕

・本屋の女房／心にしみ通る幸福／（以下抜粋）楠／残った醬油／海苔と卵と朝めし／アマゾン『新装版　夜中の薔薇』講談社文庫（２０１６年2月）

・一冊の本　吾輩は猫である（夏目漱石著）／猫自慢（以下抜粋）国語辞典／負けいくさ『新装版　眠る盃』講談社文庫（２０１６年1月）

・（以下抜粋）眼があう／私と絹の道『新装版　女の人差し指』文春文庫（２０１１年6月）

・（以下抜粋）反芻旅行『男どき女どき』新潮文庫（１９８５年5月）

・対談　鴨下信一×向田邦子『向田邦子全対談』文春文庫（１９８５年12月）

・私立向田図書館　久世光彦『向田邦子との二十年』ちくま文庫（２００９年4月）

［向田邦子文庫展示室］

母校の実践女子大学渋谷キャンパスには「向田邦子文庫展示室」があり、一般公開されている。同校の創立一二〇年記念事業を機に二〇一四年に開設された。青山のマンションに所蔵されていた蔵書の一部をはじめ、執筆に使われた机や椅子、留守番電話、原稿用紙や万年筆、さらには愛用のハンドバッグや食器などが展示され、向田の世界に触れることができる。

渋谷キャンパス図書館内には、向田家より寄贈された旧蔵書を中心とする「向田邦子文庫」がある。シナリオをはじめ、著書の初版本、向田に関する著作や雑誌記事などの参考文献も収集され続け、その数は約三千点にのぼる。これらの関連資料や参考文献の情報はデータベースで公開されている。

実践女子大学・向田邦子文庫展示室

東京都渋谷区東1-1-49　実践女子大学渋谷キャンパス内1F

電話=03-6450-6829

開室時間=9:00〜17:00

休室日=日曜日、祝日、学校休校日。

開室時間及び休室日、展示入れ替え期間などは開室カレンダーを確認のこと。

入室料=無料

アクセス=JR、東京メトロ、東急線、京王井の頭線「渋谷」駅東口から徒歩約10分

東京メトロ「表参道」駅B1出口から徒歩約12分

https://www.jissen.ac.jp/library/info_collection/book_collection/

［かごしま近代文学館　向田邦子の世界］

撮影＝高比良有城

向田邦子をより知るには、鹿児島県鹿児島市の「かごしま近代文学館」がある。「故郷もどき」と呼んだ鹿児島市にあるかごしま近代文学館には向田家から遺品の大半が寄贈され、常設展のひとつとして「向田邦子の世界」が設けられている。向田邦子が愛したリビングを再現したコーナー、脚本や小説・エッセイなどの直筆原稿から器・洋服の一部、本人の映像、音声などを楽しめるコーナーもあり、脚本、小説、エッセイの世界からライフスタイルまで充実した展示を楽しむことができる。また誕生日月である毎年11月頃に趣向を凝らした企画で収蔵品展が行われている。

かごしま近代文学館・かごしまメルヘン館
鹿児島県鹿児島市城山町5-1
電話＝099-226-7771
開館時間＝9:30〜18:00（入館は17:00まで）
休館日＝火曜日（祝日の場合は翌日）、12月29日〜1月1日
入館料＝300円
アクセス＝鹿児島市電「朝日通」下車徒歩7分
https://www.k-kb.or.jp/kinmeru/

◎置物など（目次、Ｐ46、Ｐ79、Ｐ89、Ｐ１３０、Ｐ１５５）
◎カバー写真
かごしま近代文学館所蔵

◎撮影（本文扉・目次扉・本文）
栗原論
実践女子大学図書館　向田邦子文庫

◎装幀・本文組版
佐々木暁

◎編集協力
金丸裕子

◎協力
向田和子

Ｐ１１７の写真の著作権につきましては調査いたしましたが、明らかにできませんでした。お気づきの点はお知らせください。

向田邦子の本棚

２０１９年11月30日　初版発行
２０２１年９月30日　３刷発行

著　者　向田邦子
発行者　小野寺優
発行所　株式会社河出書房新社
〒１５１-００５１　東京都渋谷区千駄ヶ谷２-32-２
０３-３４０４-１２０１（営業）
０３-３４０４-８６１１（編集）
https://www.kawade.co.jp/

印　刷　凸版印刷株式会社
製　本　加藤製本株式会社

Printed in Japan　ISBN978-4-309-02834-7

河出書房新社
向田邦子の本

海苔と卵と朝めし　食いしん坊エッセイ傑作選

思い出の食卓、ウチの手料理、お気に入り、性分、日々の味、旅の愉しみの六章からなる二十九篇のエッセイと「寺内貫太郎一家」より小説一篇を収録。食を極める向田邦子の真骨頂。

伯爵のお気に入り　女を描くエッセイ傑作選

女の生態、よそおう、摩訶不思議、女のはしくれ、働くあなたへの五章からなる三十四篇のエッセイと小説「胡桃の部屋」を収録。女の本質をそっと教える向田邦子珠玉のエッセイ。

文藝別冊

向田邦子　脚本家と作家の間で

没後三十二年、作家と脚本家との両面からその魅力に迫る一冊。オマージュ・太田光、角田光代、小池真理子、エッセイ・久世光彦、黒柳徹子他、発掘エッセイや対談など多数収録。

単行本

お茶をどうぞ　対談　向田邦子と16人

対談の名手・向田邦子が、黒柳徹子、森繁久彌、池田理代子、橋田壽賀子、山田太一など豪華ゲスト16人と語り合った傑作対談。テレビと小説、おしゃれと食いしん坊、男の品定め。

＊同時発売中　河出文庫　お茶をどうぞ　向田邦子対談集